侠饭

[日]福泽彻三 著
佟斯文 译

中国友谊出版公司

目　录

序　章

求职与火拼

睡来睡去还是困，每次醒来都是如此。

据说能睡意味着年富力强，但自己可不像这回事儿。二十二岁的人，年轻是年轻，体力却不大充沛。手机闹钟响了好久，脑袋还是舍不得跟枕头分开。

若水良太闭着眼睛伸手往枕边摸，摸了半天也没摸到手机。闹钟声音兀自越来越大，震得窗玻璃都发颤。真不该装什么所谓“绝对叫醒你的闹钟”的手机 App。

“真要命……”

良太揉了揉眼睛，勉强起了床。他翻出裹在被窝里的手机，按掉了闹钟，然后打了一个让他看起来失魂落魄的大哈欠。

前一天晚上良太登录网游随手刷了刷任务，睡下已是凌晨。玩游戏每每如此：玩时聚精会神，回过神来已是浑身乏力。逃避现实之余，终要为现实无从逃避而痛苦。

时间正是下午两点。睡得已经够久，可还是又困又冷。如此怕冷，想必是太瘦营养不良导致的。十二月中旬就哆嗦成这样，等到深冬寒苦必定更加难挨。

良太调高空调温度，抱着腿坐在被子上发呆。这是他每天醒神之前的例行公事。

尚未整理的被褥周围一片狼藉：上衣和裤子、笔记本电脑、漫画书和杂志、DVD 和游戏包装盒、超市购物袋、纸抽盒、娃娃机抓来的人偶、游戏机的代币……

桌子和电脑光碟挤在房间一角，埋在空瓶、空罐子下面。地上没一处干净地方，打扫起来很是需要决心。

要是有个女朋友也行，可到家里来的就只有些狐朋狗友，为他们特地打扫未免有点儿浪费。鉴于厨房都得到了及时清理，自我评价起来，这屋子倒也算不上多脏。房子格局 1K，起居室六叠，厨房二叠。[1] 有卫浴，房租六万多日元，公寓名叫著本山庄，房龄大约三十年。

房子老，所以外观和内部都不太亮眼，但文京区治安良好，离学校也近，还算不错。

良太终于起身拉开窗帘。

1　K：在日本，用 1R、1K、2LDK、3LDK 等形式来表示房间的格局。“R”指房间（room），“L”指起居室（livingroom），“D”指饭厅（diningroom），“K”指厨房（kitchen）。数字表示独立的房间数。1R 表示房间和厨房一体。1K 表示有一道门把厨房、厕所和卧室隔开。一叠为一张榻榻米的大小，面积约为 $1.6m^2$。一般一个房间的面积为六叠。

五楼的视野很开阔。旁边是高级住宅区，马路对面就是高墙环绕的豪宅。虽不知住者何人，不过宫殿似的门脸、宽阔的大院和巨大的洋楼被旁人一览无余。

每当目睹此情此景，良太都为自己的贫穷感到无尽惆怅。

大好的周日时光，却还得在三点去学校参加为没拿企业内定的人准备的模拟面试。

都大四的人了，还要参加模拟面试，可以看出就业率有多低。毕竟是偏差值四十的F级大学，没什么就业考量，一大半学生都没拿到内定。

良太开始求职是在今年三月企业说明会和录用信息公开之后。一开始目标定在出版社和广告代理公司，然而面对名企都是刚递上简历就被甩出来淘汰，现实真是残酷。等到名企纷纷停招，良太又自降条件后，简历投都投不出去了。

良太无奈放弃了文创工作，转去应聘其他职位。

即便如此，撑到面试阶段的不过寥寥十家，这十家他又都落选得干净利索，良太自信全无。一想到来年三月份要进入社会，就感觉自己像保质期限将至一般，焦虑横生。

似乎又由于这种压力，使得良太一饿就胃疼。

反过来说，胃疼的时候就意味着肚子饿了。记得自己之前买过Peyoung方便面[1]，但就是找不到。仔细想想，好像是昨晚信也来的时候，被他随手吃掉了。现在去做饭又麻烦，时间也来不及。

厨房水槽里塞满了攒了不知多少天的锅碗瓢盆，三角桶里垃圾堆成了山。杯子没刷，所以咖啡也没的喝。

良太打开了刚上大学的时候在二手商店买的小冰箱。里面差不多是空的，能吃的只有鸡蛋三枚，一星期前在家聚会时忘了谁拿来的鱼糕和奶酪，老妈说要补充维生素给邮来的柠檬和苹果，打算下到方便面里的葱和已经不记得放了多久的味噌。

再有就是两罐发泡酒和“六甲美味水”[2]。

冰箱上面有纸盒装的麦烧酒、干海带、油浸沙丁鱼罐头。麦烧酒是在家聚会时兑着喝的，干海带是用来做味噌汁的，不过跟味噌一样都没动过。沙丁鱼是好久以前一时兴起买回来的，也忘了吃没吃过，一直放在那里落灰。

良太在脑子里进行食材搭配。想破了头，也想不出一套早餐来。于是他放弃思考，抓起还没吃完的沙拉味卡乐比薯条（JAGARIKO）嚼了两口。洗脸刷牙后，良太套上了在AOKI使用优惠券后折算一万五千日元买下的求职西装。

网上文章说求职西装以黑色为主流，所以良太也选了黑色。早

---

1 Peyoung：日本知名方便面品牌。

2 六甲美味水：一种日本瓶装饮用水。

些年的招聘似乎以藏青色或者灰色为主，有些老牌企业还以藏青色和灰色为稳妥的标志，但良太却认为太老成，所以不太喜欢。

不常穿西装，所以到现在也不大习惯。因为总是弄错领带的系法，系来系去，不知不觉领带已是皱巴巴的。

坐电车到学校不过两站地，不过良太已经没有工夫再去熨烫。区区一个校内模拟面试，应该不用太认真。

良太系上皱得跟煮海菜似的领带，脚蹬还没穿惯的皮鞋，踏出玄关匆匆离去。

与以往不同，这次模拟面试很正式。

看来校方也在为就业率低下感到焦虑，并没有用老师，而是请了企业老板和人事部门的人来当面试官。学生们好似写着“禁止通行”的交通提示柱一样挺立着接受面试。

良太开始还挺放松，但等着等着，就紧张起来。眼见许多同学渐渐语无伦次，有的甚至脸色发青、泫然欲泣了。

但也有像结城春菜这样落落大方的：

“来到企业工作，自然要追求利益，同时我更希望能通过工作，在将来为社会做出一些贡献。”

平常不过是个只知道读些BL小说[1]的腐女[2]，说的话却还挺上台面。

1　BL小说：指男同性恋小说，首先出现在日本。——编注

2　腐女：腐女全称腐女子，源自日语，指喜爱男同性恋情及作品的女性。——编注

在这所学校谈到腐女，第一印象基本都是戴眼镜、微胖、不善言辞，唯独她打扮整齐，反而令良太不爽。不爽的原因在于她整个人除了性格以外，可以说正中良太红心。

“装模作样。”

擦肩而过时良太顺便讽刺了她一句，春菜嗤之以鼻。她一直在以编辑为目标参加出版社招聘，不过尚未成功。

给良太面试的，是一位貌似为立威剃了板寸、不幸效果比较失败的中年男子。

他神经质地转着笔，说道：“那么，请你讲一下应聘本公司的理由。”

“那个，呃……我是被贵公司的光明前途和富有生机的企业文化所吸引……”

良太毫无真情实感的话音未落，板寸男一阵叹息。

“根本不行呀。就靠这种套话，到哪儿人家也不肯要你的。”

话虽如此，不过是架空公司而已，又让人从哪儿找求职动机呢？接着板寸男让良太做自我介绍，然而经此一劫，良太打好的腹稿已经灰飞烟灭。

“我对自己的协调能力非常有信心。”

良太想到什么说什么，却遭板寸男打断。

“协调能力之类的也属于套话，这都是面试禁语，不要说了。

你觉得自己哪些地方具备协调能力呢？”

“来者不拒吧，或者说，面对不喜欢的人也能打好交道。”

“这哪算是有协调能力嘛。所谓能跟不喜欢的人打交道，不就是口蜜腹剑而已吗？”

话是这么说没错，但这岂不是压迫面试吗？

良太语塞了。于是板寸男很满足似的结束了提问。

在谈什么求职动机、自我展示之前，连目标公司都还没找到。虽说现在自己没资格挑肥拣瘦，但勉强能挤进去的也就只有那些低薪高劳动强度的血汗公司。进了这种地方，不管是辞职还是被炒都会给履历抹黑。

有的同学虽然已经拿到内定，却也还在为进这个公司是好是坏而踌躇，陷入所谓“内定忧郁的状态”。

听说现在还有许多为求职而苦恼，最后选择自行了断的“求职自杀”。发达国家当中，唯独日本的青年自杀率排名榜首，世道真是严峻。

虽然还没想不开到那个程度，但没找到工作就毕业的话，只能当“自由职业者”了。一旦成了自由职业者，再想找工作就会难上加难，这就更让人想赶紧找家差不多能接受的公司。

完成模拟面试的良太走到会场大教室，只见信也已经等在走廊了。

米仓信也跟良太同专业同年级。他从长相到性格都是宅男风，一身格子衫配旧牛仔裤迎接模拟面试，连说自己的名字都卡壳。

“你可真行。都说了让穿西装，你直接无视啊。”

“模试通知上都说了，可以穿便装，建议穿西装啊。”

良太在走廊一边走一边扯掉领带。

“而且你根本就没打算找工作吧？毕业了你打算怎么生活啊？”

“不知道。也不知道能不能搞些短线交易之类的，炒外汇混口饭吃啊。”

“想得美。你哪儿来的专业知识啊？”

“那就搞推广。在 Twitter、YouTube 之类的网站[1]发点儿视频收广告费……”

“你也就是每天上 Nico 动[2]而已吧？有自己拍过些什么吗？”

“还没，不过只要搞得够劲爆不就可以吸引粉丝了嘛！”

“那你现在快点儿裸奔跳到学校的水池里，一边高唱 Anisong[3]一边抓鲤鱼吧。我会给你录下来的。”

“那得多不堪入目啊，简直比蠢推主[4]还要蠢了不是？”

---

1 Twitter：社交网站，形式类似微博。YouTube：世界最大的在线视频网站。

2 Nico 动：指 Niconico 动画。日本本土大型视频网站。

3 Anisong：指 Anime song，即动画歌曲，包括片头曲、片尾曲、主题曲、角色印象曲，等等，在风格上多数较通俗歌曲更偏向小众化、幼龄化。

4 蠢推主：原文バカッター，指在网上编段子以视频直播等形式献丑、炫耀以求取人气的群体。

信也之后要去秋叶原，便叫良太同去。

“陪你去倒可以，但你得请客。昨天你把我的方便面偷吃了吧？”

刚出校门口，就听到汽笛声。

盐之谷洋介坐在大红色皇冠车的驾驶座朝这边挥手。副驾驶座上是他的女朋友，俩人笑得很欢。良太和信也刚挥手回应，只见那皇冠车大显阔气一般飞快地开走了。

信也痴痴地目送着豪车。

“‘现王’过得总是那么潇洒呀。”

洋介的父亲是有名的风投公司老板，所以他手头十分宽裕。而且他长得很有杰尼斯范儿[1]，所以桃花运也很好。因为他是个现充中的现充[2]，所以就叫他“现王”了。

模拟面试的时候，他也是一头茶色长发配上 Dolce&Gabbana[3]套装。

“我没有求职动机，毕竟贵公司不过是虚构的而已。”

突兀的拆台让会场的空气瞬时凝固。

他跟良太的面试官都是那个板寸男，这次人家着实动怒了。

“这是模拟面试，公司肯定是虚构的呀。你这样讲话，我看你

---

1 杰尼斯：原文ジャニス，日本青年男性偶像团体。

2 现充：取“现实生活十分充实的人”之意，为日本现代网络用语。

3 Dolce&Gabbana：意大利服装品牌。

是找不到工作的哦。”

“我爸说过让我接手公司，所以我确实没有求职的打算。”

“既然这样，你还来模拟面试做什么？”

“因为我觉得这可以为我以后当面试官提供参考。”

“哎哟……这么说来，你家的公司挺了不起喽？”

板寸男语气里带着挑衅，结果立刻被洋介说出的公司名字震撼得面如土灰。

板寸男似乎被这天之骄子搞得自惭形秽，悻悻地结束了提问。

良太往车站走着走着，不禁深叹一口气。

“真羡慕洋介啊。人家不用为找工作发愁。”

“咱们跟人家压根儿不是一个起跑线啊。就好像在 RPG[1] 里，一开始就是满级，所有道具都随便用一样。”

“你的生活费不也挺多的吗？得有十六七万日元吧？我这连租房子才十万而已，要是不打工，连点儿零钱都没有。”

“No-Money 即 Fish 啦。”[2]

“这话够过时的。而且有鱼什么事儿啊？”

信也老家在埼玉，父亲好像是个屠夫。这显然是个跟宅男信也不搭调的行当，不过从生活费之多，也可以看出家人对儿子的

1　RPG：角色扮演类游戏。

2　No-Money 即 Fish：“No-Money 即 Finish”的套用，原意指尚未获得投资就惨遭失败的人。

疼爱。

“既然这么穷，接着打工不就得了？”

这人真是站着说话不腰疼。

最赚钱的是家教，即做家庭教师。但是良太学校太水，派遣公司不肯给登记。无奈只能一直在居酒屋和便利店打工。为了能集中精力求职，上个月良太刚刚辞职，转眼间又陷入了赤贫。

家里汇款还得等一段时间，生活费已经十分紧张。本想要是能拿个内定就可以接着打工，但拖到现在越来越穷。

“你不也确定要当自由职业者了吗，那还不打打工？”

“可我不会接客啊。要不咱一起干？”

“不干。应届毕业生不就业，怕比现在更惨。”

“你既然这么心急，干吗还读文科啊？”

“既然咱们学校就业率本来就低，那学什么还不都一样？”

话虽如此，文科也真是不适合就业。

坚持选择文学部，是考虑到自己姑且还算喜欢看点儿书，希望多少能有点儿发挥。

然而入学之后才发现，教授全是老头儿，讲课也无聊得要命。同学都过得十分懒散，比起学习，每个人都更愿意为打工和社团活动挥洒青春热血。

良太想，难得进了大学，总得做点儿什么，于是加入了小说社团。

虽然在那儿认识了信也、洋介和春菜，但社团的学长们却整天都在为曾经出过几册晦涩难懂的叫什么《存在的忧郁与世界》的同人作品而大煞其威风。

书的内容基本都是在讲一些非常有能力却得不到认同的年轻人是如何大走桃花运，如何如胶似漆或劳燕分飞，明晃晃地突显出作者本人的欲望，同时又以不受欢迎和贫穷为勋章，把无聊的柴米油盐讲得没完没了，夹杂着顾影自怜，实在是些不知所谓的东西。

书被夸得唾沫星子直飞，里面的换行和标点却少得可怜，还故意用些生僻的字词，简直是佶屈聱牙。学长让谈读后感，良太只有无言。

由此学长们看到别人写的东西，一律是痛批狠批。大家都不想被骂得一无是处，所以作品也凑不齐，最后毫无成果。

等到学长们升到大三，就纷纷以求职为由退出社团了。

还以为这下终于能随心所欲大展拳脚，却因为没有活动成果被取消社团资格，小说社团就地解散。虽然有些如鲠在喉，但良太本来也不是激情澎湃的人。找工作也是因为周围的人都为此熙熙攘攘才有了紧迫感，内心深处还是想继续懒散度日。

到了秋叶原，一下车就听到电器街播放的圣诞歌曲和铃声。

良太平常过的都是从家到学校两点一线的日子，偶尔看看热闹的大街还觉得蛮新鲜。

信也对这些却不屑一顾，他穿梭于一家家动画和同人作品商店之间，搜罗着同人漫画和美少女游戏。良太不太好这一口，所以颇感无聊，光是逛了逛就觉得筋疲力尽。

信也肯为兴趣花大钱，但在归途的 Gust[1] 却只请良太吃了大份炸土豆和饮料。

良太不禁吐槽："晚饭就拿炸土豆糊弄我啊？！"

"多喝点儿饮料，不就饱了吗？而且这可比方便面贵多了呀。"

"真受不了你们二次元宅男。还能不能过好现实生活了？"

"你不也是整天靠杯面和薯片度日吗？"

良太犹豫要不要自掏腰包点些别的，又舍不得钱，只得猛喝咖啡和果汁充饥。

正值周日晚上，窗外满脸幸福的情侣来来去去。见此光景，良太又大为叹息。

"就算毕业了，怕是也过不上那样的日子啊。"

"那你就留级。"

良太被这蠢透了的提议弄得哑口无言。于是信也接着说下去。

---

1 Gust：日本连锁快餐店。

“能毕业就不错喽。毕业论文上网复制粘贴就行，差学分就去多选点儿课。”

“你看，咱们本来上的就是野鸡大学。要是不让咱们毕业，就业率就更完蛋，就更没有新生愿意来了。这年头少子化[1]又严重，哪家学校都拼了命啦。”

“不择手段也要提升就业率，所以什么都算到就业里。毕业了回家给爹妈开的面馆打下手都算你找到工作。”

“这就业率注水得真厉害。咱们入学的时候，那张通知书上不是写着就业率达到百分之九十吗？”

“先装装样子，后面偷偷写上‘括号，毕业十年内’不就能说通了吗？”

“就这样恐怕也够不上就业率百分之九十。不是还有你这样的废人吗？”

“你不也没找到工作吗？”

“我正在找，你没有找。这是很大的差距。”

“这是现实生活的事儿吧？我又没生活在现实世界里。”

“你活在二次元也一样要花钱。现实社会就是这么残酷。”

“那咱 AA？”

1　少子化：源自日语（しょうしか），是指生育率下降，造成幼年人口逐渐减少的现象。

“别。干吗突然这么现实……”

信也一副大获全胜的嘴脸，哈哈大笑。

跟信也分开回到著本山庄的时候，已经是晚上九点多了。

在 Gust 磨蹭了太久，不知不觉耗到这么晚。

良太先回了趟家。毕竟炸土豆和饮料不能果腹，刚进门儿就饿了。良太琢磨着去便利店买点儿什么吃，于是又出了门。

旁边的住宅街，甚是夜深人静。

良太走着走着，被刺骨的夜风吹得肩膀直缩，突然看到路边停着一辆丰田海狮，正对着豪宅大门口。

两个穿着冲锋衣的男子正忙着把细长的大包往后座上装。床单似的白布被胶带层层捆好，不过两个男子搬得十分吃力，看来包裹非常重。

良太走到车前时，俩人刚好把包裹塞进了车的后座上。

正当此时，良太发现白布的边儿在蠕动，里面传来了声音。

“放我出去……”

这个被街灯照亮了的包裹，形状与人形别无二致。

看到不该看的东西了。

良太在恐惧之中已经无法动弹，眼前两人也望向这边。

正当良太心里念着“完了！”的时候，对面突然亮起炫目的光芒。

一辆车高速猛冲过来。黑色的奔驰开到丰田海狮跟前，一个急刹车，只听见轮胎声嘶啸。紧接着黑色奔驰打开车门，冲下来三个男子，他们都穿着西装，手里紧捏的东西散发着黑色光泽。

良太终于明白，那是手枪，顿时血色全无。

“王八蛋！我弄死你！”

其中一个人怒吼着冲这边走来。

良太意识到枪口正对准自己，心脏几乎停跳。

“不！不！不是……”

不是我，良太想说，但觉得嗓子干涸一般，发不出声音。

要吃枪子儿了。要死在这儿了。这短暂的人生实在太悲惨了。

脑子还蒙着的良太，突然被人撞飞在地。

下一秒，只觉得头上热气擦过，同时枪声在耳边响起。

“还愣着干什么？！过来！”

良太只听得耳边的怒吼，就被不知什么人拽跑了。

猛一抬头，身边是穿着冲锋衣的短发男子。良太被他强有力的大手狠狠拽着，一直扯到了车身后。良太吓得想跑，脑袋却狠狠地被拍了一下。

“你要是不想被打死，就老实待着。”

男子的双眼细长清秀，锐利有神，鼻梁坚挺，五官方正，只是脸上有一道深深的刀疤。年龄目测不到四十岁。

刀疤男的旁边是一位瘦削的长发男子。

俩人在车身后掏出手枪，试图威吓三个西装男，但不知为何不拉保险。

在这种情况下还有心思细致观察这些，良太自己都觉得不可思议。

大概是状况过于超脱常识，以至于自己已经无法将其认知为现实了吧。

但良太确实还是怕得要死，后槽牙咬得咯咯直响，小腹冰凉，感觉随时都要吓得尿裤子。

枪声再度响起，丰田海狮的窗户被打得稀烂。

无数的玻璃碎片如雨般落下，良太忍不住抱着头缩成一团。

“大哥，让我开枪吧！”瘦削男痛切万分地叫道。

刀疤男摇摇头。

“不可以。要是在这儿跳弹了，流弹会伤到民宅的。”

“再这么下去，咱们就要被干掉了！”

“我开路冲出去，你跟着我。”

“那怎么行！我怎么能让大哥你打头啊？！”

“不用担心。他们子弹差不多也打光了，而且我还有这个。”

刀疤男拉开上衣，里面是一件黑色背心。应该是防弹背心。

“明白。那我就用这个上。”

瘦削男收起手枪，掏出一把蝴蝶刀，非常熟练地比画了两下。

这俩人从长相到谈吐，都是不折不扣的黑社会。

开奔驰的那几个肯定也是。对于良太而言，黑社会一直都是电影里的东西，此情此景，好似突然被扔进战场中央。

刀疤男和瘦削男同时从车后冲出去。

枪声和吼声交杂着响起。

良太想趁现在逃走，但是离开车后又难保不会被子弹打中。趴在地上浑身发抖的当儿，脑子里突然冒出了些乱七八糟的东西。

用手机录下现在的场景，发到 Twitter 上，配上“黑帮火拼现场”几个字，肯定要火。接着录个视频发到 YouTube 上，随随便便就能拿个十万点击。现在正是发视频做广告发大财的机会。然而身子却根本不听使唤。

不知不觉枪声渐歇，良太战战兢兢地从丰田海狮身后探出脑袋。

与此同时，奔驰急速开动。

刀疤男他们急忙跑回来，蹿到车里。

“小子，快闪开！”瘦削男从驾驶席的窗口探出头大喊。

良太连忙闪身躲过，然后就浑身发软栽倒在地。

丰田海狮可能是因为被打中好多枪，一直点不着火，只发出沉闷的轰鸣声。

刀疤男和瘦削男似乎选择了放弃，两人下了车。

不知何处传来警笛声，而且越来越近。瘦削男咂了咂舌头。

“警察来了。”

“不妙。快离开这儿。”刀疤男说道。

瘦削男往车后座窗户里面看了一眼。

“这货被枪打了，看这样是废了。”

“没办法。扔了吧。”

良太晃晃悠悠地站起来，只见刀疤男锐利的眼神直射过来。

“你不要把我们的事情告诉任何人，听到没有！”

“问你呢！听着没有？”瘦削男跟着叫起来。

良太吓得头如捣蒜。可能是紧绷着的弦突然松开了，刚觉得这下终于解脱了，立马身子又如筛糠般地抖了起来。

“赶紧回家。”刀疤男说道。

“到家就别再出来了。”

“啊，好！”

“抖成这样，警察会怀疑的。你真能回得去吗？”

“我……我家……就在那边五楼……”良太哆嗦着用手指了指著本山庄。

“哦，那个楼啊。”瘦削男说道。

“你要敢跟警察透风，老子就宰了你！”

“绝……绝对不敢！”

“不光是宰了你，还要折磨死你。先把你拉到山上，往你指甲缝里扎针扎个透心凉。两只手都扎过以后，就让你给自己挖坟。这季节，山上的土可是又硬又冷啊。”

这可不是什么挖土不挖土的事儿。光是想象指甲缝里扎针的剧痛，就感觉要晕过去。

“我绝……绝……绝……”良太嘴里的牙齿上下打架。

“绝对不跟……跟……跟任何人说！”

“乖。滚吧。”

良太刚想走，只听身后刀疤男开口说了声“慢着”。

“你现在跟谁住？”

“现……现在是自己住……”

“工作是……”

“大……大学生……”

“好。那么，我们且到你家躲一阵。”

“啊？！”

“兔崽子，你什么态度，大哥可是你的救命恩人啊！”瘦削男说道。

“你差点儿就要被崩了，是大哥救了你吧？你个兔崽子，不知道感恩吗？”

确实，没有刀疤男那一撞，自己真有可能已经死在这儿了。

但心里也泛不起丝毫感谢之情。良太只觉得自己是受了黑帮火拼的池鱼之殃，可要是拒绝了刀疤男的要求，又怕遭遇不测。

“好吧。但是我家特别小，还特别脏……”

“特别特别脏。”良太特意强调。

刀疤男立刻答道：“不碍事。带路吧。”

“是！”良太松下了紧绷的肩膀。

第一章

怎样用油浸沙丁鱼、鱼糕、苹果、葱搭配出一顿美食

良太带刀疤男他们回到了著本山庄。

带着这等人物，要是被其他居民看到，难免要遭些风言风语。隔壁房东嘴又特别碎，说什么也不能让她瞧见。

瘦削男跟着爬楼梯，狠叹了口气。

“这楼可真破，连个自动锁和电梯都没有。”

虽然良太从刚上大学一直住到现在，但一口气爬五层楼，到现在也算是种折磨。

偶尔喝醉了的时候，还会走到半道就睡倒在楼道里。但刀疤男他们上楼的步伐却十分轻松。

被这么两个人落下很远的良太，终于也到了门口。

经过刚才的骚乱，外面渐渐嘈杂起来。熟悉的警笛声大作，看热闹的人声此起彼伏。

良太开了门，然后进屋开了灯。

到了亮处再看那瘦削男的脸相，像是不到三十岁，褐色的皮肤，带些外国人的神韵，嘴边留着小胡子。

“请进吧。家里真挺乱的。”

刀疤男他们也不知为何，竟脱了鞋抓在手里，然后才进门。

“那个，您的鞋……”

“拿去放到浴室。”

良太顺从了刀疤男的指示，接过两人的鞋，拿到浴室，放到瓷砖上。

等回到玄关，只见刀疤男站在厨房，手里点起了根七星香烟。

“这屋子成何体统？快打扫干净。”

“您是说……现在？”

良太被这个命令弄得摸不着头脑，眼睛眨个不停。

“是。”瘦削男回答完，就进屋开始一件件收拾地板上那些乱七八糟的东西。虽然屋子确实很乱，但毕竟都是私人物品，怎么好让人随便乱动？之后东西找不到了怎么办？

“那个……您……您等一下！”

良太连忙过去阻止，却被刀疤男一把按住。

“你把这儿清了。”

刚刚经历过枪战，怎么现在又要洗碗……良太被出乎意料的错位感搞得不知所措。

“跟你说话呢。”刀疤男低声道，“让你收拾，就赶快动手。”

刀疤男把还没抽几口的烟甩到三角桶里。

良太拧开水龙头接了热水，不情不愿地开始刷碗。虽然很忐忑，不知卧室现在成了什么样儿，但刀疤男就在身后，总不能轻举妄动。

罢了，罢了，还是早刷早完事儿吧。良太拿起海绵刷，在沾满了不知多少天前吃过的速食咖喱的盘子上猛蹭起来。

“你会干活吗？我刷，你好好看着。”

说着，刀疤男脱下了冲锋衣和防弹衣。

就在此时，有个黑色的东西“当啷”一声掉到地上。良太去捡，又见一张白纸跟着飘下来。良太捡起黑东西一看，好像是打弯了的子弹，心一下跳到嗓子眼儿了。

虽然他穿着防弹衣，但毕竟是被枪打中了，居然还能好似没事一般。

地上还掉了一张用和纸做成的名片。

名片上用手写体写着“柳刃组组长柳刃龙一”的字样。人长得吓人，名字也杀气腾腾。

良太扭扭捏捏地说道：“您是叫柳刃吧？”

刀疤男柳刃扯过名片扔到三角桶里，撸起了黑衬衫的袖子。

“刷碗要有顺序。先刷那些不太脏的玻璃餐具，然后刷木碗和涂筷一类的漆器，油污多的要放到最后。”

柳刃一副专家派头刷起碗来。

良太被吩咐在旁边擦碗，擦的速度却跟不上柳刃刷的速度。

“要先用厨房纸擦拭剩菜和油污，然后再用热水泡上。准备好热水刷碗，很快就能把油污刷干净。”

堆积如山的碗和盘子迅速减少，最后以数倍于平日的速度被清理干净。

良太想赶快去看一眼卧室，柳刃却又开始清洁煤气灶。良太不常做饭，所以煤气灶并不是很脏。

即便如此，柳刃也拿起打好了清洁剂的海绵刷仔仔细细地蹭着。瘦削男也开始进一步的打扫，一会儿到洗面池打水，一会儿去找吸尘器，忙得不可开交。

这俩人到底是干什么的？

莫不是主业混黑社会，副业搞家政？

良太眼看着柳刃做清洁，也不好意思站着不动手，无奈只能动手做些大扫除的时候都不会做的事：擦水槽、收拾碗筷架、扫地，等等。

过了大概一个小时，厨房变得一尘不染，良太也累得要趴下了。这也难怪，毕竟刚闯过鬼门关，还搞了这么久的大扫除。

“完事儿了。”瘦削男说道。

于是柳刃走出厨房。

良太跟在他屁股后面一起进了卧室，不禁被眼前的情景惊呆了。

屋里焕然一新。地上半点儿垃圾不留，被褥和杂七杂八的东西都被收到了柜子里。这恐怕是从搬到这儿以后，头一次看到茶桌和电脑桌上如此干净。

外套一类衣服都整齐地挂在衣架上，衬衫和内裤都叠得整整齐齐的，放在下面的架子上。电视不知何时被打开了，屏幕也被擦过，液晶颜色都和原来不一样了。室内一角放着分类装好了的垃圾，DVD 盒子在旁边码得整整齐齐。

瘦削男一脸贼笑，指着 DVD 说道："这个怎么办？都是在抽屉里找到的，可现在没地方放了啊。"

良太一下子没反应过来，突然想起这些都是成人电影，顿时老脸一红。其实大部分都是比较普通的题材，但中间夹杂着信也给的成人动画片，这就很让人尴尬了。

"这……这些我自己处理！"

良太转身去厨房拿毛巾，回来一看，DVD 已经被挡得严严实实。

"你可别再弄乱了啊。我大哥生性洁癖得厉害。"

瘦削男话音未落，就从玄关传来了门铃声。

"深夜造访，十分抱歉。我们是警察，请问您现在方便吗？"

找上门来了！说着，柳刃把手按到良太肩膀上。

“看你的了。你应该明白，就说什么都没看到。”

“敢泄我们的底，就等着看现场枪战片吧。”瘦削男说道。

“别……别这样！我什么都不会说的！”良太站起身小声答道。

两人为了不被门口的警察瞧见，都紧贴着墙。让良太把鞋送到浴室，想必也是防止警察上门的事先应对。

良太一开门，眼前立着两名一身警服的警察。

“刚才附近发生了枪击事件……”

警察隔着良太往屋里瞧，问良太是否看见过可疑人物，是否知道些情况，等等。良太特别想告诉他们自己真就发现了货真价实的可疑人物，但又害怕家里被打成蜂窝。

良太回答说，自己整晚都在打游戏，什么也没看着。

“您没听见过枪声吗？”

“是啊。我一直戴着耳机。”

“那好，要是您有什么线索，请随时联系我们。”

两名警察走了。

到了晚上十一点，新闻节目开始了。

电视上显示的是著本山庄的门前路。播音员以十分亢奋的语气说道：“今晚九点半左右，在文京区街道上，发生了一场疑似黑社会团伙火拼的枪击案件。有市民报警，称有五六名男子在街上持枪对射，警察迅速赶到，发现一辆有弹痕的面包车，车里藏有一名被布捆住的男子。从其随身携带的物品可以推断出其身份应是广域指定暴力团伙山盛组组长，该人已被流弹打成重伤，陷入昏迷。从现场逃走的有山盛组组员和数名疑似与山盛组敌对的暴力团伙组织成员，目前警方正在追查其下落。现场周边已……”

“天杀的！”柳刃骂道，“特意没用手枪，还敢胡编乱造，说得好像我们也开枪了似的。”

这下子终于看出来了，柳刃他俩也好，追他们的那帮人也罢，真的都是黑社会。不过良太很清楚，这类事情，本是不知道为妙。

对黑社会之类全无了解的良太，起码也知道山盛组乃是日本最大的黑社会团伙。他俩跟这种庞大组织为敌，又遭到警察追捕，想必是很难逃脱。良太实在不想跟这两个人扯上关系。

要是被人视为柳刃的包庇者，难免也要遭殃。总之，不管他们为什么跟山盛组作对，都应该让这两位早走为妙。

然而柳刃不仅毫无要走的意思，还大口抽着香烟。

“火野，知道你肯定累了，但还得麻烦你去打探一下总部的消息。”

“是！”瘦削男应声而去。

人少了当然是好事儿，但跟柳刃单独相处也很让人发慌。

定睛一看，柳刃正在把烟灰弹到马克杯里。杯子虽然不贵，但良太平常总拿它喝咖啡，心里是挺喜欢这个杯子的。

“那个，这个杯……”良太不禁说道。

柳刃用杯底把烟头按熄。

“有没有吃的？还有酒。”

“有发泡酒和烧酒，但吃的就没有了。有米，不过得现煮……”

“发泡酒？没有啤酒吗？”

柳刃皱了皱眉头。

“是的。要不我去便利店买点儿？”

“不必。今天就别出门了。”

柳刃起身进了厨房，随手拉开冰箱门。

“东西也不少啊。我来做饭，你打个下手。”

“啊，好……可是，用这些能做什么啊……”

“行了，你动手就是。”

柳刃从冰箱里把鸡蛋、鱼糕、奶酪、苹果、柠檬、葱、六甲美味水一一取出。刚做过大扫除又要做饭，良太满心牢骚。

“煮多少米？”

“三合[1]。”

---

1 合：中国古计量单位，现在日本仍采用此计量单位。1 合约 0.18 公斤，10 合为 1 升。

“这么多啊？”

柳刃没再搭腔。良太不情愿地量出三合米往饭锅里倒。

“慢着。直接淘米会伤到锅。”

柳刃把米倒回盆里，然后塞回良太手里。良太准备把盆放到水龙头下面，又被柳刃一把抢过去。

“有这个，就别用自来水了。”

柳刃把六甲美味水“咕咚咕咚”倒到盆里，然后立刻涮出去。

“一开始必须立刻倒出去。米里有很多细小的脏东西和灰尘，干米吸水又很快，要想不让米吸进脏水，就得立刻涮干净。”

“淘米而已，用矿泉水也太奢侈了……”

“就算之后用矿泉水煮饭，要是淘米的时候米里都吸满了自来水也就没意义了。”

“是啊。您说得也对。”

“矿泉水是软水，所以好。要是没有矿泉水，就把自来水烧开了再用。看你这样，也不会淘米吧？”

“呃，是……”

“手要这个形状。”

柳刃摆出抓球一样的手势。良太发现他的小指是残缺的，第一关节好似被整个折去了一样。

柳刃似乎察觉到了良太的视线，默默地收起小指。

"淘米不是洗米。要打磨米粒的表面，让米粒在手上互相摩擦。新米力气要轻，陈米就多用点儿力。"

柳刃开始淘米，碗里微微发出"咔嚓咔嚓"的声音。大概重复了二十次以后，柳刃倒掉了米浆，又把米涮了一次。

随后他把米倒进饭锅，注入矿泉水，扣上了盖子。但他却没有打开电源。

"现在不煮吗？"

"你的电饭锅是便宜货，没有浸泡功能。夏天得泡三十分钟，冬天至少得泡一小时。"

良太不禁腹诽起来：做个饭而已，弄这么复杂干吗？不过为了少生事端，还是不说废话为妙。看来只能等他比画够了为止。

柳刃抄起菜刀，飞快地给苹果削皮，然后把削干净的苹果切成薄片，泡到盐水里腌了一下，又盛到盘里。

接着，柳刃切了好几根葱，高超的刀功让良太叹为观止。

"愣着干什么？把鸡蛋搅了。"

良太把盛盐水的碗刷干净，然后抬头用碗边打鸡蛋。

"你这样会把蛋壳打进去。打鸡蛋要找平地。"

被柳刃这么一说，良太便把鸡蛋放平敲到菜板上。果然，打得比平时都好。良太打好三个鸡蛋，然后放到碗里，开始用筷子搅拌。

“放一点儿蛋黄酱进去。”

“蛋黄酱？”

“这样会更松软。煎蛋也是一样。”

良太照他说的，放了蛋黄酱再开始搅拌。

“差点儿忘了，把这个也一块儿拌了。”

柳刃抓了一把葱放到碗里。

良太被种种琐碎的指示搞得晕头转向，只能搅拌下去。柳刃拿下冰箱上面的油浸沙丁鱼罐头，擦了擦上面的灰，然后用开罐器打开。

他把里面的油倒掉一半，倒了点儿酱油，撒上一层辣椒粉，又铺上两片柠檬。炉子有两个，他把罐头放到其中一个上面，然后点着了火。火候用的是小火。

接着，柳刃把鱼糕切成五厘米厚，把冰箱里拿出来的黄油上平底锅烤化，接着把鱼糕下锅翻炒。在享受黄油的香气之余，鱼糕是可以拿来炒的食物这一事实也让良太颇感意外。

旁边的炉子上煮着沙丁鱼，罐头正发出“咕嘟咕嘟”的声音。

奶酪是切好之后封袋销售的，一袋里有九块。柳刃把奶酪夹到切好的苹果片之间，良太以为是要叠成塔状，柳刃却让他把这些都按三明治形状挨个儿放到盘里。

良太听令行事的时候，柳刃已经在黄油炒鱼糕上撒了盐和胡椒，用筷子划出间隔，然后倒进蛋液。等到鸡蛋熟到一半，又撒上了酱油。

闻着鸡蛋、酱油和葱的香味儿，良太的肚子便咕咕作响。之前过度紧张，都忘了自己还没吃饭，现在突然饿了起来。

柳刃把沙丁鱼上的柠檬取下丢掉，隔着布抓起热得发烫的罐头，放到小盘里。淋过蛋液的鱼糕个个儿都沿着平底锅的边儿烤得透实。柳刃用铲子把鱼糕都盛出来，放到盘里。

鸡蛋黄还是半熟，呈黏稠状，配上星星点点的葱绿，色泽赏心悦目。火候刚好的鱼糕在中央摆成了半月形。

“端过去吧。酒也拿上。”

良太听从柳刃的吩咐，把菜、筷子和两罐发泡酒端到卧室的地桌上。

良太以为要先干杯，却只见柳刃双手合十：“我开动了。”

柳刃低沉地说完，便兀自低下头去。

他拿起发泡酒闷了一口，夹起一块沙丁鱼，一口吃下去。难不成他要自己吃独食？

良太心中不禁惶急。柳刃扬了扬下巴：“别愣着，趁热吃。”

良太赶忙拿起发泡酒准备开盖。

“慢着。不说‘我开动了’就动手？”

良太犹犹豫豫地合起双手。

“我开动了。”

良太微微点头，喝了口发泡酒，然后伸出筷子去夹鱼。沙丁鱼在罐头里面摆得整整齐齐，还“咕嘟咕嘟”地冒着热气。

就在良太夹起一条鱼送进嘴里的瞬间。

“好吃！”脱口而出的赞叹。

油浸的沙丁鱼沁入酱油，有了十足浓厚的鲜香口感，跟柠檬一起煮过，让这份香味变得鲜爽不油腻。辣椒粉的辣爽也十分下酒。

柳刃对此并不在意，只是把鸡蛋和鱼糕一起夹着吃。

良太立刻效仿起来。果然，盐和胡椒充分入味以后的鱼糕、半熟的鸡蛋，还有微甜的黄油，都让菜品鲜香十足。葱的清爽更让美味倍增。

柳刃把沙丁鱼和鱼糕各吃过一口，又拿起一块奶酪夹苹果吃起来。

良太不知自己是不是也方便伸手去抓，犹豫了会儿，也拿起一块。

从来没试过苹果配奶酪，味道自是无从预想。吃到嘴里，才感觉奶酪的咸味和苹果的酸味简直天衣无缝。清脆的苹果和丝滑的奶酪带来了绝佳的口感。菜本身就好吃，加之其他两道毕竟有些油腻，现在吃过这个，更觉爽口无比。

良太大吃特吃的时候，柳刃已经喝完发泡酒。

“把烧酒和冰块拿来，然后把饭煮上。”

一看表，泡米到现在正好一小时。柳刃连吃带喝还能掐算好时间，良太不禁心生佩服，但也怀疑桌上的菜是否够吃到米饭煮好。

良太按下开关，回到卧室。柳刃喝了口泡了冰块的烧酒。

“麦味的啊。”他眉头微皱。

“您是喜欢芋味吗？”

柳刃轻轻点头。酒渐渐有些上头，良太对柳刃的恐惧有些减轻，也打开了话匣子。

“这几道小菜都挺好吃，但也真独特。”

“不是小菜，是下酒菜。”

“我从不知道，油浸沙丁鱼罐头能做得这么好吃。”

“再切点儿蒜片上去，味道会更好。这个罐头是sanyo牌[1]的，在超市品牌里算好的。高级货的话，天桥立的沙丁鱼不错。”

“原来，沙丁鱼是这样的吃法呀。”

“不，方法没有固定。打开就吃也可，烤箱烤过也可，拌进意面也可。以前这算是风味小吃。”

---

1 sanyo：サンヨー食品，是日本食品品牌。

“风味小吃？”

“郊区小吃店的小菜。这个跟这个也是。”

柳刃用下巴指了指盘上的鱼糕和苹果。

“这些名字都叫什么呢？”

“我当时听来，是叫‘黄油鱼糕’和‘奶酪苹果’吧。”

“黄油鱼糕和奶酪苹果。”良太念道。

“那现在，店里还有这类菜吗？”

“大多都没了吧。跟我们混黑道的一样，都是‘濒危物种’。”

“用鸟做比喻的话，就是鲸头鹳啦。”

“那是什么？”

柳刃的眼神正活似鲸头鹳一般锐利。

鲸头鹳是一种生活在非洲的鹳，有着阴险的目光和巨硕的喙。除了捕食以外的时候常常会像雕像一样呆立几小时不动，故而有“不动鸟”之名。想则方便，说便太麻烦，良太于是作罢。

“不是，随口一提。”

良太晃了晃脑袋，把酒猛灌一口。饭菜太好吃，不觉间竟快要吃个精光。良太把空罐扔进垃圾桶，柳刃便指着纸杯里的烧酒说道：“喝吧。”

“不不，我已经喝不下了……”

何况矿泉水用完了，没有能往酒里兑的东西。

但柳刃却让泡冰块喝。良太无奈，往酒里放了些冰块。平常最多能喝点儿碳酸酒而已，几度举杯都呛得要死。

等到桌上的菜快要空了，电饭锅终于也哔哔作响——饭好了。

柳刃起身去了厨房。良太害怕是不是又要让自己打下手，起身跟过去，柳刃正准备烧水。

锅里的水一烧开，柳刃便停下火，用筷子把汤勺里的味噌搅化到热水里。良太看出这大概是要做味噌汤，但味噌可是不知什么时候买的了。

“这个可放了很久了……”

“吃味噌不必在乎期限。没看出变质就能吃。”

良太心中不以为然，又看到灶上停了火，便道：“那好吧。但是不开火又怎么煮……”

“谁说要煮了？香味蒸发之后会变苦的。”

据柳刃的说法，停火之后把味噌溶到汤里是正常做法，烧开了才是大忌。自己以前做味噌汁的时候都是一开始就把味噌下到锅里去煮，今日方知这是最糟糕的做法。怪不得自己每次做都觉得难吃。

“不滤一下吗？我妈一般会滤一下……”

“你怎么这么多话？”

柳刃修长的双眸散发出寒光，良太几乎要被冻僵。

“这是味噌块，不滤也不会有残渣。大豆和麦子都是渣滓最能入味，所以任何种类的味噌都不需要滤。”

柳刃把海菜干放到锅里用筷子搅开，然后重新开火。火是小火，这是不要烧开，只加温。

也不知柳刃到底想做点儿什么，只见他抓起一把刚才做黄油鱼糕没用完的葱丝放到小缸子里，然后加进酱油和辣椒粉，精心搅拌起来。

被柳刃吩咐去盛饭的良太打开饭锅盖，顿时一阵饭香袭来，肚子咕咕地叫起来。平常吃这么多早就撑得不行了，今天反而还觉得不够。

良太一心想快些吃到嘴，卖力地翻盛米饭，柳刃却关掉了保温开关。

“您关了，饭可是要凉的啊。”

“保温会让饭变得难吃。应该把饭装到饭柜子里，再盖上毛巾。这样就可以吸掉多余的水分，还能尽可能保存饭的风味。”

“您说的饭柜子是什么呀？”

“用来装饭的，类似木桶一样的东西，也可以叫柜儿。”

“可是，饭还是会凉啊。”

“以为只有热饭好吃，才是大错特错。本来饭就是凉的好，而且还应该倒些冰得快冻上的水，配着咸菜吃，才算正宗。这样才能品尝到米饭的美味。”

“您是说，冷饭泡凉水？”

“对。某本古书里，有个寺庙的大僧就是这么说的。不过我之前也没试过。”

冷饭能好吃吗？良太满腹怀疑，把饭盛到饭碗里。

“错了。我要用钵。”

柳刃把做好的味噌汤倒进汤碗，把剩下的葱丝撒了进去。

良太猜他是要拿味噌汤拌饭吃，柳刃却拿起放在桌上的小缸子，把里面的葱丝都倒到饭上，用筷子拌了个匀匀实实。

“还有这种料理啊。”

“无名料理而已。硬起个名，可以叫‘葱饭’。”

柳刃豪迈地大口吃饭，然后嘬了一口味噌汤。

良太也有样学样，刚吃下一口，就觉得美味直沁入口腔。没想到，拿点儿葱丝、酱油和辣椒粉拌上两下，就能好吃成这样。

米饭跟自己煮的时候有云泥之别，膨大、黏糯、有光泽。加之葱丝的清香、酱油的鲜味和辣椒粉的感官刺激，真是令人垂涎三尺。

“太好吃了。米饭也是，只靠葱丝和酱油就能变得这么好吃……”

“要是有麻油，点一点儿，鲜味会更浓。撒点儿胡椒粉和碎海苔也可以。没有酱油的话，用盐也可以代替。”

“用盐？”

“用盐的话，就得多加点儿麻油。把盐、麻油和葱丝拌好，然后腌着，等葱丝入味。做好了可以盖饭，也可以调成蘸汁。加点儿柠檬和胡椒，用牛舌蘸着吃就不错。”

“应该也挺配五花肉和鸡肉的吧？”

“对。说得够多了，闭嘴吃饭吧。”

味噌汤跟良太自己做的也是天壤之别。加了点儿海菜和葱丝，连调料都没有，却有满满的美味顺着热汤沁入胃肠。

近来一直都靠便利店盒饭和零食充饥，面对米饭和味噌汤，只觉得新鲜美味，停不住筷。良太跟柳刃赛着劲儿似的连吃了三碗。

柳刃吃完双手合十，道了声“我吃饱了”。良太也没等人家提醒，有样学样做完，可一吃饱肚子，突然又惴惴不安起来。

柳刃一边看电视一边抽烟。良太趁机收起心爱的马克杯，找了个不用的小缸子当烟灰缸递过去。

柳刃到底要待多久啊？

媒体和社会上一直流传着“不要和黑社会扯上关系”的教训。光是一起厮混已经十分危险，何况柳刃还正被山盛组追杀和警察追捕，就是一头负伤的野兽。虽说他是救命恩人，还让自己在料理上颇得新知，但这毕竟是两码事情。

良太满心念叨着希望他们早些走人。就在此时，那个瘦削的男子——火野回来了。

火野满脸纠结，走到柳刃面前屈下膝盖。

“果然，老家出了叛徒。今晚的事儿被泄露给山盛组，应该也是这孙子干的……”

“不出我所料。那……家里那帮人怎么说？”

“他们把黑锅都甩给大哥，自己择得干净，肯定是怕上面下处分。”

“一群窝囊废。我就是摘了代纹[1]也要干到底，你随便吧。”

“不，我肯定要跟大哥干。”

“你也是够顽固啊。”

“外面到处都在严加盘查。山盛组那帮人也倾巢而出了，大哥先在这儿避避风头吧。”

良太急得身子都往后仰。

“还避风头！”良太大叫。

但是俩人压根儿不理睬他。

“再失手就要命了。不过，再坚持一阵看看吧。”说着，柳刃掐灭手里的烟，“你也饿了吧？有米饭和味噌汤。”

“好嘞。”

1　代纹：日本黑帮组织普遍持有的一种类似身份证明的纹章，绘有各个帮派特有的家纹。也有称警徽为代纹的。

火野边答边往厨房去了。

“那个，我说……”

良太晃晃悠悠地站起来。也不知是酒劲儿突然上来了，还是坐了太久闹的，顿时头晕目眩，又瘫倒地上去了。

火野正嘬着味噌汤，大嚼盖饭。

良太晕晕乎乎地看着这幅光景，“不要啊……”他无力地哀叹道。

第二章

炒饭黏糯才好吃

火野风卷残云般吃光盖饭，把餐具刷得干干净净，然后出门了。

要是柳刃也走人该多好，良太想。但人家不仅住得自在，还十分坦然，甚至开口说要洗澡，良太无奈只得拿出香皂和毛巾。

柳刃洗完澡，顺手铺好待客用的被褥就睡下了。刚刚还那般恶战，现在竟能这样无声无息地睡得香甜。

这么邪门儿的事情，能跟谁商量呢？信也和洋介靠不住，要是跟千叶老家的双亲说，反而会闹出更大的乱子。

按常识考虑，还是报警为妙。再这么跟柳刃他们厮混，自己也难逃罪责。

趁现在逃出去打报警电话吧！早在柳刃洗澡的时候良太已经开始这样盘算，但想来想去，觉得怎么说也是救命恩人，也许第二天早上就走了。

良太决定先看看情况，也铺上了被褥。柳刃占了屋子正中央，自己只能睡墙边。带着一肚子闷气钻进被窝，却翻来覆去睡不着，不知今后如何是好。

翻来覆去到拂晓，不觉间天都亮了。

良太拂去睡意，钻出被窝，柳刃正端坐在电视机前抽烟。别说走人，他简直已经把这儿当自己家了。

虽然有点儿不地道，但看来只能报警了。就拿去学校上课作为借口吧。正巧，今天上午有课。

趁着柳刃洗漱的工夫，良太飞快地套上衣裤。虽说最好是能不被发现就溜出去，但房子太小，实在难以做到。

良太偷瞄了一眼洗手池，柳刃正在刷牙。这人不声不响地就拿别人家的备用牙刷乱用。

“那个，我要去上学了。”良太惶恐万分地说道。

柳刃头都不抬，爽快地点了头。良太在门口蹬上帆布鞋，便飞也似的冲出门去。

正当他冲下楼梯的时候，“喂！”良太被身后的人叫住。

他吓得猛回头，一看竟是火野。良太顿时狼狈不堪。

“您……您怎么在这儿……”

“望风。”

“什么？”

“就是蹲守在这儿。保不齐警察和山盛组要找上门儿来。”

良太满心以为他是一去不回，原来整晚都在公寓门前蹲守。

“可……可是，您在这儿待着，不是更可疑吗……”

“我一直在暗处，是听到了你小子的脚步声，才出来看看情况的。”

柳刃长了一张所谓“酱油脸”[1]，与之成鲜明对比的火野看起来则不像日本人，倒有些拉美人的神韵。

“小子，你要去哪儿？”

“学……学校上课啊……”

“机灵着点儿，别让警察逮去审了。你要是进去了，大哥就事儿大了。”

“我……我又没干坏事，警察凭什么抓我？”

“凭你有窝藏罪。你不是让大哥藏你家了嘛。”

“那……那不是……我根本不愿……”

是你们逼的，良太想这样说，但怕得张不开口。

“昨儿晚上的新闻不是说了吗？‘数名黑帮团伙成员从现场逃走’啥的。”

“难……难道要把我扯进去？！”

“看你表现。我可以说你小子表面装成大学生，实际身份是我们的马仔，警察肯定要让你蹲号子。”

1 “酱油脸”：专门形容男性，所谓最具日本人特色的面庞特征之一，曾是 20 世纪 80 年代的流行词语。

“求您了，千万别这样！”

“大哥跟我不一样，他脸被卖了，出不了门。”

“所……所以，您什么意思？”

“他可是你小子的救命恩人，你就是死，也甭想把他卖给警察。万一大哥出了事儿，老子就把你拽到山上，往你指甲缝里一根一根地扎大铁针……”

火野把昨天用来威胁的话又念叨了一遍，然后竖起大拇指，往自己脖子上“唰”地一比画。

这简直就是黑手党电影，良太为之战栗不已。

这天的午饭是学校食堂里最便宜的清汤面。

一是为了节俭，二是昨天晚上吃得太饱，肚子一直不太饿。上午的课都在打盹儿，但还是困得要命。

良太往学生休息间的桌子上一趴。

就在此时，“又睡，干什么了这么困？”

听到信也的声音，良太抬抬头。

“因为困，所以困。”

“我听说，人困的时候，只要拔根鼻毛就好啦。”

良太懒得接话茬儿。信也顺势坐到旁边。

“听说，昨天晚上有黑社会持枪交火呀。”

“啊，嗯。新闻上说来着。”

“离你家不是特别近嘛。你没事儿吧？”

“嗯。”

良太不太耐烦似的答了一声，就又趴到桌子上了。

不能告诉信也自己已经被卷进去了。一想起昨晚的事情，都还觉得好似噩梦一般。突然，良太感觉不知何处似乎射来了火野的目光，忙不迭抬起头。

“你没事儿吧，冷不丁的干吗啊？”

良太左顾右盼，将四周环视了一遍。

没看到火野的身影，却已经吓得心脏扑通直跳。

报警的心思随之灰飞烟灭。

被冤枉成黑帮马仔可不是闹着玩儿的。万一触了火野的霉头更要遭殃。无论如何，铁针穿指这种酷刑是受不住的。

比起自找无妄之灾，还是等他们自己肯走来得轻松。想来背叛救命恩人也算是件丧良心的事儿。琢磨来琢磨去，良太真是无计可施，只得叹息。

信也见此，把手机放到桌上问道：“愁什么呢？满脸铁青色。”

“没愁什么。”

“等会儿去你家玩行不行？”

“不成，今天不太方便。”

“怎么，有客人？”

“也不是，就是累了。我的血槽[1]已经空了。”

正在这不赶巧的时候，洋介也走过来，到桌子对面坐下。

洋介从他的普拉达包里掏出一本《LEON》[2]，一边随意翻看一边说道：“啧啧，今天该买哪件呢？”

一个大学生读《LEON》，实在有点儿大叔样，许是想表现自己非常高贵典雅吧。然而良太根本没那个心思搭理，信也更是活在二次元。洋介自感没趣儿，合上了杂志。

“你俩愣什么呢？跟宇宙人互传电波啊？”

“是良太不太正常啦，心事重重的。”

信也真是多嘴多舌。

“愁什么啊？难不成，是这个？”洋介竖起小指。

更不巧的是，正好春菜又在此时路过。

“怎么良太，交上女朋友了？”

“哎呀，不是。哪儿来那么些乱七八糟的。”

“你看啊，”信也说道，“你不是怒气冲冲的，说什么‘不许来我家’吗？”

“别胡扯。我什么时候怒气冲冲了？”

---

1 血槽：游戏中常见的角色生命数值表示形式，多见于格斗过关游戏。

2 《LEON》：日本男性时尚杂志，主要面向中年成熟人士。

“好可疑呀……”

春菜歪歪头。

“那好。今天晚上，咱们就去良太家突审[1]吧！”

“都说不行了！真不行！”良太忍不住喊道。

三人眼神里的怀疑却愈发浓重了。

到了下午的课上完以后，春菜他们又来刨根问底，但良太也不可能讲出缘由，只得反复拿疲倦作遁词，借以逃出生天。

被三人盘问许久，搞得回家一路上愈发精疲力竭。

到门口观察一番，看来火野终于离开。

只要柳刃也消失，就可以当作没事发生过。

到了门口，心中的期待和不安让良太的后背挺得板儿直。照理说应该先按门铃，可按自己家的门铃又让人不自在。只能赌柳刃不在了。于是，良太把钥匙插进锁孔。

偷偷摸摸开了门，看一眼门口，没有柳刃的鞋。但也可能是藏到浴室了，所以一时还不能放心。

踮着脚尖到厨房又瞄了眼卧室，未见柳刃人影。突然，良太感到视野中掠过一个硕大的物体，于是转头去看。

厨房里多了个高耸近天花板的大冰箱！

---

1 突审：原文为凸る（とつる），日本网络用语，是突撃する（とつげきする）的简略说法。

老的那个冰箱到哪儿去了？少了的东西不止这一样：特氟龙制的小平底锅被换成了铁锅，地板上放着一台大号电饭锅，是虎牌的“THE 煮得好”[1]。餐具和筷子都还在，不过添了不少新的。

良太伸手去拉那台全新冰箱的拉门。瞬间，被人从背后把肩膀扼住。

与此同时，喉咙上一阵冰冷的触感，良太顿时浑身动弹不得，用余光往下一看，一把银光闪烁的菜刀正架在脖子上。

“咿！”

恐惧之下，良太的喉咙仿佛被扼住一般发出怪叫。背后传来鼻声。

“哼。是你啊。”

身后是柳刃的声音，眼下的刀子也消失了。

良太吓得直喘，柳刃则把菜刀收进水池的置物槽里。

“谁让你偷偷摸摸的？至少按个门铃。”

“自……自己家还要按门铃？”

柳刃默默走到门口把门关严，反锁上，从浴室里把鞋拿出来摆到了门口。

然后他就回到卧室，盘腿坐下了。

---

1 THE 煮得好：原文为 THE 炊きたて。

不同于前日，今天他穿的不是冲锋衣，而是一件黑毛衫。良太估计他还要像之前那样掏烟抽，不过这次旁边摆着一个不知从哪儿买回来的玻璃烟灰缸。

别说走了，越住越习惯，真是让人心凉。

“那个，您的电话号码能劳您告诉我吗？”

“干吗？”

“回家时候好告诉您一声啊。我可不想再遭刚才那样的罪了。”

“告诉你不是不行，但要是警察查通话记录，会怀疑你跟我有关系，还要吗？”

“那不要了。”良太说。

“我的冰箱、电饭锅，还有平底锅呢？”

“扔了。火野给买回来新的了。”

良太叹口气，坐到墙角。

突然他看到桌上笔记本电脑的显示屏通亮，液晶屏幕上正显示着网购网站的页面。

“您难道动我电脑了？”

“买了点儿东西。”

“您……您太过分了！怎么能随便买东西呢！”

“我用的是自己的卡。”

柳刃往桌上甩下一张颜色漆黑、貌似十分高级的卡。良太在杂志上看过，据说这种卡可以无限透支，打个电话，连喷气式飞机都可以买。

“您这个，是运通黑卡？”

“嗯。不过名字稍有不同。”

躲在学生家里乱用黑卡。这人简直像是个恶棍版的哆啦A梦。手机铃声响起，只见柳刃从口袋里掏出一只功能机。

“是我。嗯，没有动静。那小子回家了而已。”

看来电话另一头是火野在讲话。良太为自己被呼作“那小子”感到有点儿恼火。

“今天放了他一天风筝，看来他还没起卖咱们的心。我在屋里待着的这段时间，你要好好照顾着点儿他。”

说“放风筝”已经很奇怪了，什么“照顾着点儿”更是颠倒黑白。分明是你赖着不走，良太心里骂道。

“嗯。今天不用过来。你也藏好了。”

柳刃挂掉电话，起身朝厨房走去。

“喂，要做饭了。”

良太垂着头，一声不吭。

虽说柳刃吓得自己不敢反抗，但这也太随便了。

光是赖在家里不走已经很麻烦了，还说些什么“别偷偷摸摸地回家”之类的话，又随便丢掉别人的冰箱、电饭锅和平底锅，还用别人的电脑买东西，简直太唯我独尊了。照这样下去，还不知道要做什么呢。

要是因为跟柳刃扯上关系被开除，自己的将来就完了。本来就找不到工作，凭什么还得让混黑道的赖在自己家不走？

本以为自己不给柳刃帮忙，会招致他的喝骂，没想到柳刃也不再出声。

厨房传来切菜和炉子点火的声音。

片刻，香味儿飘满整间屋子。

良太只觉得饭、油和酱油的香味儿沁满鼻孔，而柳刃则用大托盘把饭菜一起端了过来。家里之前没有托盘，这肯定也是火野买回来的。

柳刃把盘盘碗碗摆好放到桌上。

“我开动了。”

他一如昨晚那样合掌，然后开了一罐惠比寿啤酒[1]，往杯子里倒满。

干吗还得特意往杯里倒呢？这不是在刷碗的时候多添麻烦吗？良太不禁这样想。柳刃把满是酒泡的杯子举起喝了一口，然后抓起勺子。

1　惠比寿啤酒：指 YEBISU，是以日本的福神惠比寿财神为设计商标的日本啤酒品牌。

良太想装成若无其事，但眼睛总忍不住往饭菜上瞟。

桌上有炒饭、汤、麻婆豆腐和榨菜。

炒饭里添了些料，颜色有粉有黄。红艳艳的麻婆豆腐上，撒满了茶色的粉末。

柳刃用勺子舀起炒饭和麻婆豆腐送到嘴里。看他吃得喷香，良太的肚子也咕咕直叫。

柳刃吃着吃着，说道："饭要凉了，要吃就快点儿。"

一听还有自己的份儿，良太心里的小别扭顿时烟消云散。

他赶紧起身到厨房把剩下的饭菜盛上，汤也倒进小碗里，还拎了一罐啤酒放在桌上。

良太开了罐就想喝，抬头一看，柳刃正死盯着自己。

良太连忙合掌，道了声："我开动了。"

这下总算行了吧？良太想。

但柳刃却摆摆手："倒杯里，那样更好喝。"

"这怎么讲？"

"罐装啤酒是以倒出来喝为前提，直接喝的话碳酸劲儿太猛。倒到杯里以后起泡可以增强口感。易拉罐有金属味，开口也小，这样喝不出啤酒的香醇。"

听罢，良太便拿来玻璃杯对比着一喝，果然还是用杯子好喝。

"倒到杯里起的泡还可以防止氧化。"

良太细细品味啤酒之后吃了口炒饭。

就在入口这一瞬间，“好吃！”他像昨晚一样情不自禁地喊出来。

看看那粉的，原来是鲑鱼排，黄的是鸡蛋。此外就只有些葱丝，居然能这么好吃。鲑鱼的咸味和油香配上鸡蛋的甜美，以及微微发焦的葱香，堪称浑然一体。

良太爱吃炒饭，所以自己也经常做来吃，却总是失败，做得黏黏糊糊，他不禁好奇柳刃是怎么做成这样的。

汤是标准的中华汤。汤盆里是熟了的蛋液和葱丝，上面撒了许多胡椒，热腾腾的，散发出胡麻油的香味。榨菜口感清脆，还带些辣，下饭吃真是绝配。

接着又吃了口麻婆豆腐。入口的瞬间，只觉得满口仿佛要喷出火来。

辣味很强，同时舌头只觉得酥麻。这前所未有的感触十分下酒。麻婆豆腐盘子里只有豆腐、肉末和白葱三种食材，为何味道能做得如此震撼呢？良太按捺不住，问起了调味方法。

“做麻婆豆腐，关键在于豆瓣酱。我用的是‘郫县豆瓣酱’，川菜厨师常用，是比较高级的货色。还有带甜味的甜面酱和出咸味的豆豉酱。啊，豆豉酱也可以不加，但要做麻婆豆腐，花椒绝对是必需品。”

“huā jiāo？”[1]

“是产自四川的山椒。近来一些懂行的商店会进货。没有的话可以用日本山椒代替，不过麻味达不到这个效果。”

“确实，舌头麻得都要掉了。”

“川菜美味的秘诀在于麻辣。麻是麻痹的麻，就是要吃到舌头发麻。辣是辣油的辣，要用辛辣来表现。”

“原来如此，发麻加上辛辣，就是麻辣。那该怎么做好呢？”

“先把木棉豆腐切成骰子块儿，放到热水里加温。嫌麻烦也可以用微波炉稍稍加热。热了之后更容易入味。在这期间，切好蒜泥和白葱丝。中式菜锅或平底锅都可以，多放油，把肉末下锅大火翻炒。等肉变色、油变透明的时候，就降到中火，加入豆瓣酱。一块豆腐放两大勺就差不多。”

说到这儿，柳刃吃了口鲑鱼炒饭，然后灌了一口啤酒。

“接着下蒜泥。甜面酱和豆豉酱也各加一大勺。能吃辣可以加点儿辣椒粉。注意不要炒煳，倒些中华汤，差不多能没过肉末，下葱丝，再加少许酱油。有黄酒也可以加一点儿。等汤沸腾就下豆腐，煮好了就用板栗粉勾芡，再点一点儿胡麻油。最后多放花椒，就做好了。”

1　此处原文为日文假名，故采用拼音形式表现。

“您这不用麻婆豆腐料，都是从头做呀。”

“没时间也可以用麻婆豆腐料。炒肉末的时候加点儿郫县豆瓣酱，最后多加点儿花椒，味道也可以很正宗。”

良太嘬了口汤。

“您中间说要加的中华汤，就是这个汤吗？”

“对。这个有点儿偷工，用了‘味霸’。所谓‘味霸’，就是中华汤汤宝。倒进开水里就成汤了。”

“然后下鸡蛋液和胡椒……”

“再稍微点上一点儿麻油。味霸可以加到任何中式菜品里。今天这个炒饭里就加过味霸。”

“我自己之前也做过好多次炒饭了，可总是做得黏黏糊糊的。您说这是为什么呢？”

“热饭容易炒开。冷饭可以先用微波炉加热。再有就是一次别炒太多，否则受热会不均。”

“除了这些还有什么窍门吗？”

“炒饭好坏取决于速度和火力。家用炉子火力是不够的，不过把中式锅或平底锅预热到冒烟的话就差不多了。从始至终都要开大火。”

“这样就能炒散了吗？”

“只想让饭炒散的话，蛋炒饭有个要诀，就是先把米饭和蛋液拌到一起。这样炒出来就是粒粒都不粘。但是这样米吃起来发干，我不喜欢。”

“那鸡蛋是应该先炒还是后炒呢？”

“先炒的话，手脚不够快，鸡蛋容易炒老。手艺不太足的话最好后炒鸡蛋。要用猪油，炒饭好吃就在于米饭裹满了热油。”

“猪油会腻吧？”

“腻，但油也能入饭。所以炒饭要趁热吃。想少放猪油的话，可以掺一半色拉油，光放色拉油不能入饭，等吃完以后盘子上就都是油了。”

“是先炒鲑鱼和葱丝，然后把米饭和鸡蛋下锅吗？”

“这个鲑鱼是咸鲑鱼切块，本身是熟了的。葱丝要先放，但遇热时间长了会糊，所以一炒出味道就要下饭炒。中式锅用勺炒，平底锅就用菜铲炒。米饭翻炒要充分。中间加味霸和胡椒调味。这个炒饭里已经有鲑鱼了，所以味霸要少加。没有味霸可以加盐。想做出点儿中式菜的鲜味，可以多放味精。米饭炒热了，就下鲑鱼和鸡蛋，然后快炒出锅。”

柳刃说了半天，又紧着动勺吃饭。良太怕连续发问会惹他生气，隔了一会儿才接着问道：

“那要是普通炒饭，也是先炒肉和葱吗？”

“嗯。不放鱼肉也一样，饭炒得到位，只加葱丝和鸡蛋也会好吃。最后在锅沿上倒点儿酱油再出锅，风味可以更独特。”

“这么说，做炒饭，用料并不是最重要的？”

“调味比用料重要。把食盐换成酒盗或者洋咸鱼，炒饭的味道会更浓郁。”

“洋咸鱼，我差不多还知道，您说的酒盗是……”

“把沙丁鱼用盐腌了就是洋咸鱼。用鲣鱼肉和内脏做出的盐辛就是酒盗。这两种都是先下锅炒出香味比较合适，但为避免炒煳，还是应该跟饭一起下锅。”

“那，您这袋榨菜是？”

“这个啊……是桃屋的瓶装榨菜。”

柳刃平常惜字如金，可一谈起做饭就滔滔不绝，这本身已经很不可思议了，不过更让良太疑惑的是，他为何对料理有如此高的追求。

饭吃得差不多，良太又问道：“我能再问您一个事儿吗？”

“说。”

“您的厨艺是在哪儿学的？”

“没特意学过，纯粹是业余。”

“可是，您做的可比饭馆都好吃啊。”

“当年住家的时候，每天都被吩咐去做饭。”

“住家？”

“黑社会进组以后，每天要在事务所[1]吃住，清扫、洗洁、开伙，都要做。”

“怪不得您从打扫到下厨都这么得心应手。”

“因人而异。也有人根本不拿吃饭当回事，不过我生性好这一口罢了。”

“啊，您是喜欢做菜……”

“干我们这行的，不知道什么时候就要翘辫子。侥幸苟活，也要蹲多少年大牢，正经的饭菜吃不着几顿。所以，我每一顿都不能将就。”

良太不禁点头。

自己当然无从得知黑社会到底都活成什么样儿，但眼看他被敌对帮派追杀和警察追捕，肯定是每天都非常不易。过着有今天没明天的日子，想多吃几口好的也是可以理解的。

“我也问你一个事儿。”柳刃说道。

良太立刻紧张起来，挺直了后背。

“……您说。”

“你叫什么名字？”

1　事务所：日本黑帮据点，对外需要以合法或半合法方式包装，故多称事务所。

第三章

圣诞节拒绝鸡肉

十二月下旬，学校放了寒假。

从柳刃“鸠占鹊巢”到现在，已经过了八天。

这些天良太一直被信也、洋介和春菜三个人问东问西，不胜其烦，因为他们断定自己交到女朋友了。岂止于此，他们不光怀疑自己有了女朋友，甚至还怀疑自己在跟女朋友同居，拒绝他们到家来玩就是证明。

春菜来得还少，信也和洋介一般一星期都会来一两次。良太突然对此加以阻拦，怎能不令人生疑呢？

再怎么竭力辩白他们也不相信，一时也想不出其他理由。良太一股火上来，直接撒谎说就是交到女朋友了，却招来更加热烈的鼓噪。

信也本是个只爱二次元的死宅，也将良太视为叛徒，叹道：“真想不到，连你也成现充啦……”

“见外了啊，快介绍介绍。”

洋介急切地表示要亲自接见一番。连腐女春菜都是兴致勃勃。

“莫非是圣诞备胎[1]？看来是非得突审不可啦！”

春菜可不是说说而已，她真能干得出来，这点非常恐怖。

小说社团的欢迎会上跟学长们玩国王游戏[2]的时候，面对扭屁股写自己名字、站在路边摆十次科马内奇[3]姿势等这些男生都没有勇气尝试的难题，春菜都坦然完成了。

等到自己当上国王了，她便反复命令某人与某人深吻，大以眼前这些人互相折磨的情景为乐。良太本身也是受害者之一，信也嘴唇的触感至今回想起来都令人作呕。

“既然你这么抗拒，想必不是女的，而是‘这个’吧？”

春菜竖起拇指。

“可别，我跟您不是一伙的。”

“多大的事儿呀，你干脆出柜吧。”

夏天以前，良太在打工的店里交过一个女朋友。

但等到姑娘辞了工，这段感情也就无疾而终了。

其实是还没来得及给朋友们介绍就分手了，但他们还以为良

1　圣诞备胎：クリスマス要員，日本都市文化糟粕，指那些以单身过圣诞节为耻的青年于圣诞节前数星期到数月的时间内火速恋爱摆脱单身，待圣诞节过后就分手的行为。

2　国王游戏：一种聚会游戏，抽到“国王签”的人可以随意命令其他人按指示行事。

3　科马内奇：出自北野武对罗马尼亚体操女皇科马内奇的动作的滑稽化模仿。

太是单身。他们三个穷追猛打也有这方面原因，不过学校放了寒假，现在可以松口气了。

柳刃还是那般大门不出，二门不迈。

他可能是非常害怕追兵，特地置办了一部双筒望远镜，一天到头架着它往外看。大晚上的也得用望远镜往外观察，看来黑社会真是不好当。

不搞监视的时候柳刃会看电视、做俯卧撑、卷腹，或是拿着手机模模糊糊地讲话。良太问他为什么用功能机，答曰："因为安全。智能机容易被黑或中毒。"

"您真是很谨慎啊。"

"当然。刀尖儿上舔血的买卖。"

"不……不过……您二位比起来，应该算是比较好的那种黑社会吧？"

良太发自内心希望如此。

柳刃对此却嗤之以鼻："黑社会有什么好？！"

"您说是这么说，但最开始见面的时候，您不是怕流弹伤及民宅，都没开枪吗？"

"伤到普通人，罪会判得更重，死人的话就是无期徒刑，趋利避害而已。"

良太本以为他还挺有正义感，听罢彻底幻灭。

火野每天不时上门，给柳刃递情报。

从他俩的表情可以看出情况很是不妙，柳刃自然也不打算离开，甚至还自己配了钥匙。

良太差不多要受不了这种生活了。

虽然最开始那种紧迫感已然减退，但山盛组和警察破门而入的可能性还时刻存在。哪怕不考虑这种危险，单是跟别人同处屋檐下已然令人窒息。

柳刃不光做事利索，还很爱干净，良太不能过回之前那种懒散生活。以往提及黑社会，第一印象是邋遢，偏偏柳刃正好相反。

还没放假的时候，每天早上都会被他叫醒。

“别迟到了，快上学去。”柳刃如此催促。

有时候下午上课，早去也没有意义，但他依旧不放：“你要睡到什么时候？再磨蹭下去一天都要浪费了。”

良太终究会被叫醒。

屋里稍有些杂乱，他就会立刻开始清扫。傻看着也不是事儿，良太只能跟着帮忙，未承想这次打扫手法也被挑了毛病。

“既然要搞卫生，就该把外人看不到的地方也打扫干净。”

良太被使唤去用抹布把桌下和水槽都擦干净。衣服攒着不洗要被说，衣服叠得不好也要挨训，简直比亲爹亲妈都烦。

不过，柳刃自己在家并不洗衣服，每次都是火野送来洗干净了的衣物，然后把脏衣服带走。窗外就有晾衣竿却不用，显然是竭力避免自己的行踪被人发现。

柳刃除了做菜基本都是沉默寡言，火野许是年纪轻了些，时不时会找些话茬儿。昨晚火野来了就跟柳刃小声说话。良太不想听那些打打杀杀的事，便戴上耳机大玩起电脑游戏来。

两人谈得差不多了，火野过来看了眼屏幕，接着似乎说了些什么。

良太戴着耳机没听清，赶紧摘下来，而火野咂了下舌头："还以为你小子学习呢，结果是在玩游戏。真羡慕你们这帮学生，优哉游哉的。"

"现在放寒假了啊。"

"说得好像平常认真学习似的。你学什么专业？"

"文学专业。"

"文学？写小说啊？"

"不是，我自己不写，不过会读些小说。"

"你真能扯，你这儿哪有几本正经书啊？除了漫画就是黄书。"

"我才没有黄书呢，倒也不能说完全没有……"

"也别太害羞。偶尔消遣消遣正常，不然怎么学得进去？"

"呃……您说得是。"

"你有什么想要的就说，我下回来的时候给你买。"

“不用不用，您不必这么客气。”

“不能不客气。大哥说的，让我拿你当贵客相待。”

说罢，火野回头看了一眼。

柳刃正背对两人看电视。

“您说的‘贵客’，是什么意思啊？”

“简单说吧，就是在我们帮派做客的。”

难道不是我招待着你们吗？良太心里犯嘀咕。

“你干脆入伙得了呗！这样我就能随心所欲狠狠使唤你了。”

“别……别开玩笑啦。我要正经找工作的。”

“哦？找啥工作？”

“还没太确定，但求职……找工作很不容易。我明年就要毕业了，现在还没拿到内定。”

“说了这么多，你到底想干啥？”

“这个，我自己也不太清楚。”

“连自己想干啥都不知道？”

“呃，嗯。”

“总得有点儿想法吧？想找什么样的女朋友，想开辆好车啥的。”

“不是这些，我是还搞不清什么工作适合自己。”

“哦，‘适合自己的工作’。你觉得自己适合干啥？”

“那个，那您是为什么选择当黑社会的呢？”

“我啊，我是为了有出息。”

“‘有出息’？”

“对。我高中辍学，当了暴走族[1]头头。那会儿被出没在横滨的黑帮看中，被带到美国去了……”

“难道，您其实是个外国人？”

看他长相颇有拉美人的神韵，良太还以为可能是外国人，但火野却说不是。

“不过在那头儿，人都管叫我乔治。因为我本名叫丈治[2]。就这么着，去了美国以后就一直跟那帮墨西哥人混……”

“火野。”柳刃背对着他说道。

火野眉头一跳，立刻闭口。

一方面，和黑社会一起过日子让良太备感压力。另一方面，却也让他对吃饭充满期待。柳刃从早到晚都会下厨，然后端出一道道精美佳肴。

虽然每次都要帮忙，但是良太对下厨打下手丝毫不以为苦。使用的食材都很普通，可只要经过柳刃的手，都能成为别具一格

1　暴走族：日本青年地下团体。以特异的发型和成帮结伙在路上飙摩托车为特征，成员多数为高中生，日本各地都有分布，一度被看作黑社会预备军。20 世纪 80 至 90 年代是此类组织的鼎盛时期。

2　丈治：日语中，乔治ジョージ和丈治ジョウジ发音相似。

的佳肴。

可能也是因为自己一直以来对吃喝不是特别在意，每每学到新菜品，都觉得有种求得新知的快感。

就好比说一个小小的纳豆，也是时至今天才知道，要在浇汁之前先反复搅拌到能拉丝的程度才会更好吃。

也是才学到，除了自带的酱汁以外，纳豆还可以拌盐和胡椒粉，拌泡菜，拌金枪鱼和蛋黄酱，配搅好的黄油和酱油，等等。吃法其实特别多样。比如说纳豆拌洋葱丝、酱油和海苔，味道非常好。

柳刃嘴上说自己就是外行，但不管是日、西、中餐，他都做得极好。

最近几天里特别好吃的，有苹果蒜泥酱炒猪肋条肉，黄瓜、洋葱、萝卜加辣明太子[1]和蛋黄酱做成的沙拉，特意泡久的面搭配煎蛋而成的老式茶餐厅风味意面，橄榄油煲蘑菇牡蛎，西式蒜蓉三文鱼，金枪鱼牛油果拌芥末酱油和青葱，用油煎猪里脊配上大量英式辣油做成的猪扒，用叫作“豆苗”的蔬菜和蒜、味霸做成的炒菜，用海鲜味十足的海青菜和海蚬做出的味噌汤。

唯有一点比较头疼的，就是这些菜都偏向于下酒，导致近来

1　明太子：明太鱼的鱼子。

饮酒量大增。想必体重也增加了不少。

这几天，柳刃网购的食材和调味料陆续送到了家。酒类中日本酒、烧酒和红酒也越来越多，纸箱子从厨房一直堆到了客厅。

柳刃明明可以自己去，可他明知来人是送快递的，也会小声催促道："你快去接。"

看来是不想被送快递的记住长相。

他自己在家的时候会假装不在，这样快递员会留下联络单。给快递公司打电话要求安排重新配送的任务也落在良太头上，真是非常麻烦。

柳刃对料理的种种执着甚至到了固执的程度。他说过，自己不想将就着吃饭，但似乎不止于此——他下厨，还有某些类似发泄的感觉。

今天的早餐是煎得发焦的培根配煎蛋，溏心鸡蛋配蛋黄酱和卷心菜做成的沙拉，用罐装玉米、牛奶和清汤煲出的玉米汤，以及把面包片放入烤面包器、前后各刷一次黄油而成的吐司。

良太被黄油的美味所震惊，便向柳刃请教。

"这是法国的'echire'牌发酵黄油，一百多年前曾经在巴黎世博会拿过一等奖。"

"这么有名啊！"

"平常用有点儿奢侈，今天是偶然想尝尝了。普通黄油刷两次，烤出的吐司也会有更浓郁的香味。”

吃个吐司都如此严谨。

以前一直以为煎蛋煎到熟了吃就行，而今才知道，原来煎单面叫作“sunny-side-up”，煎双面学名是“turn-over”。

“煎蛋半熟最好吃。同样是煎单面，也有小火慢煎和加少许水后加盖水蒸两种做法。用水蒸蛋黄更容易熟，不过蛋黄会有些发白，菜色会略有不足。”

“我们学校食堂的煎蛋就是这样的。”

“也有做法是用勺子把蛋黄单舀到平底锅里，然后再浇上蛋清。蛋黄直接受热，味道会更重。”

早上柳刃做的煎蛋，是正常煎的同时把煎过培根的油浇上做出来的。

“浇上热油之后，蛋黄可以做成半熟，蛋清也会充满香味。要想吃得健康一点儿，可以用橄榄油。”

柳刃可能是考虑到闭门不出，不做午饭。

良太本也缺乏运动，不吃正好。不过毕竟是寒假期间，从早到晚要跟柳刃大眼对小眼。年末时节，各家公司都正值事务繁忙之季，岂有闲工夫应付学生求职呢？想出去玩，也是既没目的地又没钱。

可今天是平安夜。

大学生们这时都在跟爱侣享受美好的二人世界。相比之下，自己却是跟黑社会二人世界，悲惨不过如此。

良太打算今晚约上信也一起随便逛逛。虽然选他一起过平安夜也很恶心，但洋介早有约会，想约春菜又没那个勇气。

良太把早饭端到桌上，一如既往合掌开吃。

柳刃扯下一块面包边，沾着煎蛋的蛋黄吃起来。良太效仿着试了一下，平常食之无味的面包边也变得好吃起来。

“今天是平安夜啦。”

“哦。”

柳刃并无兴趣。

“今天肯定是不行了，您以前每年平安夜不做什么吗？”

“做什么？”

“您真是，约会啊，聚会啊，吃点儿炸鸡什么的……”

话到一半，良太回过神，添了句：“呀，这些您都不乐意吧……”

到了傍晚，良太给信也打了电话。

平常总能打通，这次不知为何怎么打也没人接。无奈发了条短信过去，也是石沉大海，不知不觉间天都黑了。

电视上是各式的圣诞节特辑，越看越觉得没劲。

柳刃大做仰卧起坐，间或瞄向窗外。

他对平安夜看来是毫无兴趣。其实良太自己对平安夜本身也没什么可在意的，只是憧憬着女朋友啊、豪华大餐啊、圣诞礼物之类的，自忖是有些被喧嚣气氛给熏染了。

晚上七点出头的时候火野露面，照惯例在柳刃耳边低声私语。火野这一来，搞得良太更不想在家待着了。

刚决定联系不上信也也要出门的时候，门铃突然响了。平常这时候都是送快递的，但良太转头看柳刃的脸色，只见他默默摇了头。看来今天没有要收的东西。

火野也察觉到状况，大皱眉头。

到底是谁啊？

良太挺身而未起，门铃又响了。良太想是不是该装不在家，但柳刃却扬了扬下巴。

这要是警察或者山盛组可怎么办啊？

良太害怕地从猫眼往外看，原来是信也、洋介和春菜他们三个。

良太一边松了口气一边开了门。

“干吗啊，你们？”

“当然是来玩啊！”信也说道。他头戴三角纸帽子，怀里捧着肯德基全家桶，一副典型的聚会装扮。

“一直不接我电话，现在突然跑来干什么？”

“你不是发短信说要找地方玩儿去吗？”

“所以？”

“所以我来了，不是一样嘛！”

“一样个屁。我这边不方便啊。”

“你发什么火呀？难得想开个聚会。”洋介道。

“我火什么火？”良太说出句过气台词。[1]

“你不是要约会吗？”

“我把时间错开了，没问题。这都在其次，我就特想跟你女朋友打个招呼。拿着，这是我特地带来的香槟。”

洋介奸笑着把酒瓶塞过来。这应当是酩悦[2]的高级货。春菜也递过一盒摩洛索夫[3]。

“我也带曲奇来啦。良太，你是不是很惊喜呀？”

“什么很惊喜啊？你们等会儿啊！”

“看来，你是真有女朋友喽！”

良太张开双臂拼命想拦，但没拦住。

“好啦，快闪开。打扰啦！”

春菜打头，三个人硬挤进来。

这下完了。

1 原文为キレてねえよ，与传奇职业摔角手长州力，及其模仿者搞笑艺人长州小力的著名台词キレてないですよ句型类似，故有“过气”一说。

2 酩悦：法国名酒品牌。

3 Morozoff：日本西式糕点品牌。

良太浑身充满着想要立刻逃走的冲动，春菜则在厨房门口愣住，回头问道：“良太，那俩人是谁啊？”

良太瞬间全速开动脑筋。

“啊，那是我叔叔和他同事啊。”

“你叔叔？”

“对对，他是被派遣来这边的，因为离公司近，就在我家住了……”

“是这么回事儿啊。那你之前直说不就完了？”

“哎呀，不是说有女朋友的话，更有面子嘛。”

三人进屋，柳刃便打过招呼，满脸露出前所未有的灿烂笑容。火野也勉强挤出笑脸，低垂着头。

听罢，深通人情世故的洋介也寒暄道：“您好，初次见面，我是良太的同学，名叫盐之谷洋介。”

随之春菜和信也也各自打了招呼。良太也有些豁出去了：“这位就是柳刃叔，那位是柳刃叔的下属，火野哥。”

柳刃跟火野瞬间对了下眼神，便接着寒暄下去。

“派遣外地一定很辛苦吧。不好意思，能问下您是哪个公司的员工吗？”洋介大大咧咧地问道。

良太又一次开动脑筋。

“那个，是餐饮企业，你知道，就是那个全国连锁的……”良太随口拿了著名集团的名字搪塞道。

“哦？”洋介道。

“那您二位现在在什么部门工作呢？”

“呃……烹饪啦，烹饪！”良太抢着替他们回答。

“那两位一定都是烹饪专家喽？”

“对，没错！”

火野瞬间狠瞪一眼。柳刃则平静如水。

“真牛！”信也感叹道。

“真想尝尝呀！”

“我也想！”

“你们这突如其来的哪能行，下次再说吧。”良太拦着。

“难得你们来了，我就做点儿什么吧。”

柳刃起身去了厨房。火野也跟了过去。

“没事，不麻烦您了！”春菜说道。

不过两人没有回来。既然说了要办派对，想必信也和洋介一时半会儿也不打算走。

“喂！”洋介小声说道，“你叔叔的脸，怎么搞的？脸颊上怎么有那么大一道疤啊？”

“做……做菜的时候，不小心被菜刀划到了……”

“他不应该是精通烹饪吗？怎么能出这种错？”

“不是，那是他刚入门的时候弄的！”良太搪塞过去。

接着信也把屋里上下左右看了个遍。

“你家可真干净，之前还乱成那个德行呢。”

“那……那当然，我叔来了，必须打扫干净啊。”

“可想象不出你打扫房间的样子。”洋介讽刺道。

春菜也冷哼一声。

“他肯定是被叔叔骂了一顿。不然，怎么能收拾得这么干净？”

这话说的，真是虽不中亦不远矣。不过，无论如何都得赶紧把他们送走。

良太打算跟柳刃商量一下，也去了厨房。

“对不起，我说错话了。”

“对不起就完了？你知道给大哥找了多大麻烦吗？”火野咬牙切齿地骂道。

柳刃举手制止他：“你就别过来了，去陪你的朋友吧。”

良太战战兢兢地坐等饭菜做好。

春菜三人毫无察觉，嘻嘻哈哈地闲聊。

过了大概半个小时，良太被柳刃叫去。良太心想，这点儿工夫能做出什么来？一进厨房，满眼看去摆满了各种料理。沙拉、腌菜、带骨大块肉和火候稍大的奶酪，都是些叫不出名字的菜肴。

良太跟火野一起把菜上好，和大家一起开了香槟，干杯庆祝。

“你们先吃吧，还有些菜没上。”

说罢，柳刃便回了厨房。良太特别担心他小指缺的那段会被发现，所幸柳刃通过手指的弯曲，将之巧妙地隐藏起来。

年轻人先吃了起来。信也尝了一口番茄腌生火腿。

“这是什么火腿？真好吃！”

“这个是意大利帕尔马产的生火腿，而且是culatello[1]。火腿上铺的是帕尔马干酪和西红柿，然后洒了橄榄油。”洋介解说道。真不愧是二世祖，对吃喝如数家珍。

“culatello 是啥？”

“是完全只用猪臀肉做出的最高级的火腿。用猪大腿做出来的是 prosciutto[2]。”

“啊，那个我吃过！”春菜接话说道。

“这个肉也是软软的，吃起来真香。”

“那个是德国肘子（eisbein），是拿用盐腌好的猪胫肉和蔬菜一起炖制而成的德国菜。”洋介答道。胶质的肉鲜艳欲滴，多汁可口。

“这个奶酪呢？”良太也问道。

“这个奶酪外面虽然干巴巴的，里面却很糯，吃起来超甜。”

---

1 culatello：意大利帕尔马的特色火腿品种。

2 prosciutto：也是生火腿的一种。

“这个菜是用马背奶酪做的嫩煎意大利奶酪。原本是做成葫芦形状，挂在棍子上发酵成的。”

说着，洋介手指向沙拉。

“这个沙拉里的黑葡萄醋[1]可真厉害，跟我之前在罗布森[2]吃到的一样醇。这得是十年品？不对，起码藏了有二十年了。您说呢，火野哥？”

“啊哈……”火野打着哈哈，挠挠头，“我刚入门，这方面不太熟……”

备受瞩目的沙拉里是用黑葡萄醋炒好的杏鲍菇和平菇，上面铺满了切碎的生菜。虽然不知究竟厉害在何处，不过蘑菇配陈醋的深厚味道，加上生菜的清脆口感，实在是绝配。

柳刃端来一大盘意面。

“这个黑葡萄醋是便宜货。我只是往里添了点儿红葡萄酒和砂糖，用小火煮开了而已。”

“然后就有这样的味道？”

洋介满脸写着佩服。

“黑葡萄醋也可以浇冰淇淋吃。”

“哇，一定很好吃！”春菜说道。

---

1 黑葡萄醋：balsamico，意大利风味醋。

2 罗布森：发源自法国巴黎的一家高级餐厅。

柳刃一笑。

“据说很不错哟。我自己吃不了甜食就是了。”

意面里拌有奶油酱，口感黏稠浓厚，味美绝伦。

“您这个奶油酱用的是什么奶酪？吃起来有点儿像古贡佐拉，但味道更高级，也更纯。”

“这个用的是斯提尔顿。”柳刃答道。

“啊！”洋介恍然大悟。

“我只听说过，那是英国的一种奶酪，据说伊丽莎白女王每天都要吃……”

“听说睡觉前吃的话，还会做些奇幻的梦。”

“哇，那里面岂不是有不该吃的东西？”

“不是。跟古贡佐拉一样，都是正常的青纹奶酪。”

“不过，叔叔您可真不愧是高手，不仅每道菜都做得好吃，而且用的时间这么短。”

“这算什么。德国肘子有现成的，我只是热了一下，其他的都是材料好，所以才好吃。”

“您别谦虚，真的太厉害了，我以前都没吃过这么好吃的！”信也说道。

喝过香槟的春菜微醺，脸上泛红，反复打量柳刃和火野二人。她的醉眼颇有韵味，只是一眼也不看自己，又有些可恨。

“你怎么了，愣住了？”

良太叫她，她也不出声。

柳刃和火野似乎感到跟这帮人一起待着很尴尬，吃了点儿东西就回厨房去了。春菜还是神飞天外，一脸的如梦如幻。

“你没事儿吧？醉了？”

良太再叫她，这次春菜终于恢复清醒：“不不，我没事儿。”她大摇其头。

“难道……”信也说道。

“春菜一直在用‘有色眼镜’看人家吧？”

“啊？你说什么呢？”春菜顿时紧张起来。

信也悄声接着说道：“你是在琢磨，叔叔和火野先生的角色分配……”

春菜早就泛红的脸这下熟透了。

“我怎么会想这种事情！瞎说什么呢！”

“就因为我宅才能看出来。”

“哇，你果然在意淫人家。”洋介说道。

良太不禁抱头。

“我的天啊。你们别尽想些恶心事啊。”

“我都说了不是啦！”

春菜辩解的话语里明显充满动摇。她抓起杯子一饮而尽。

也不知柳刃和火野搞什么鬼，半天不出来。良太好奇，往厨房看了一眼，原来柳刃正在排风扇下面抽烟。

“呃？火野先生呢？”

“我让他回去了。不然容易露馅儿。”

“您再稍忍一会儿，我会尽早让他们回去的。”

“不忙。这是你家。”柳刃对着墙说道。

他突然想起什么似的，接着说：“昨天晚上你是不是说过，想找个适合自己的工作？”

“……是。”

“人不就是为了混饭吃才工作吗？”

“嗯，也有您说的这个因素……”

“岂不是自己去适应工作才是正道？”

良太稍作思索。

“您是说，让我去迎合工作吗？”

柳刃没再回答。

第四章

用垃圾袋和微波炉做牢饭

不知不觉到了年末，一切毫无进展，眼看都要过年了。

唯一的变化是，良太从年末开始又找起了工作。他在各招聘网站上搜索了些出版社和广告代理公司提供的职位，然后投了简历。

虽然都是薪水很低的中小型公司，但志愿方向回归初心，想搞文创之余，柳刃的话也让他不能忘怀。岂不是自己去适应工作才是正道？柳刃如是说。

说归说，也不能理解成彻底妥协。虽然不知柳刃意在何指，不过适应工作，不就是把可以工作换了个说法而已吗？

新时代的企业不比以往，没有工夫从头开始培养新人。

特别是技术性工种，专要有工作经验、能立刻发挥作用的熟手。想让自己适应工作，就得尽可能具备一些工作经验。然而应届毕业生没有这种机会。

有的大学会通过实习提供实际参与工作的机会。但良太的学校太一般，没几家企业愿意招这里出来的实习生，现在实习显然为时已晚。

这样一来，只要能先在目标行业积累经验，即使是中小企业，也会为将来发展起到作用。良太本着这种想法投了简历，心底其实毫无能被聘用的信心。

以忙于求职为借口，今年良太也没有回老家。

第一是讨厌被父母反复念叨找工作的事情，第二则是不愿意把家留给那个赖着不走的人。

柳刃照常每日网购食材和调味品。

黑社会上网扫货固然很滑稽，但这稀罕场面偏偏是在自己家上演，又让人笑不出来。柳刃对食材和调味料都很讲究，针对不同料理有各种用法。

以最近吃过的东西为例。盘乌冬[1]里要放一种叫“金蝶酱汁”的味道微微发酸的辣酱油。炒面里放的是驰名全国的广岛“otafuku 酱汁”，炸里脊的时候据说要用大阪的町工场制作的“赫尔墨斯猪排汁”。

酱油以广岛的牡蛎酱油为主，不过吃刺身和冷食时会用金泽产的 hishiho。牡蛎酱油浓缩了牡蛎的精华味道，口味稍轻，hishiho 香味浓厚，味道鲜美。hishiho 似乎属于生酱油，牡蛎酱油

1　盘乌冬：长崎县乡土菜，做法类似炒面。

则是腌制酱油。

盐主要用产于德国阿尔卑斯山萨尔茨堡的岩盐，偶尔也用些绿茶盐。绿茶盐是以岩盐为基础，加入香草和香辛料混合而成，非常适合煎得皮嗞嗞响的煎鸡肉和黄油烤土豆。

蛋黄酱一般用丘比牌的，不过做土豆沙拉和炖菜的时候会用美国贝斯特公司产的纯正蛋黄酱。做意面的时候用可果美番茄酱，蛋卷则会用亨氏番茄酱。

“您真是个骨灰级调味料迷啊。”

良太说罢，柳刃却正色道：“偶尔也会糊弄。但终究是不对味儿。”

和圣诞节一样，柳刃对年末诸事并无兴趣，昨天大除夕的，也没吃跨年荞麦面，而是做了冷面吃。大冬天吃冷面，良太颇感不妥。

“在韩国，冬天吃冷面最平常不过。当然，这不是韩式冷面，是盛冈风味冷面。”

面是薯粉做的粗面，汤是牛骨头汤做汤底，配上一种叫“冬沈”的萝卜泡菜。配菜有白菜泡菜和蒸猪肉。

加了冰块的汤十分清凉，里面撒满了红彤彤的辣椒粉，吃一口就辣得受不了。柳刃就着冷面下马格利酒[1]。

1　马格利酒：韩国米酒种类。

良太吃着冷面，真是劲道十足。

“冷面确实好吃，但过年不吃过年面，岂不是没法开门红了？”

“你还挺迷信。那怎么不准备挂饰和镜饼[1]？”

“嗯，确实没有……”

“过年面取的是又细又长、生活能过得细水长流的美意。我们这行却是又粗又短，而且家常荞麦面也不好吃。”

“您做也不好吃？”

“有的东西在家做也没什么区别，有的东西不是巨匠就做不出来。荞麦面还是去老店里吃好。炸虾、寿司和鳗鱼也都如此。”

“都需要所谓的‘匠心’吧？”

“嗯。这种情况下有本事就不愁吃喝了。倒是那些人人都能学的东西，练几十年也不会有什么用，能代替的人太多了。”

这似乎是在暗指自己的求职。

如果是这样的话，那不拘泥于大公司，先找中小公司积累一番经验的想法大概是没有毛病的。不过，柳刃充其量是个黑社会混子，拿他的话当求职指南，岂不是南辕北辙？

吃完冷面，良太开始看红白歌会[2]。自不必说，柳刃看都不看一

---

1 镜饼：献于神佛的贡品，状圆似镜，故名镜饼。

2 红白歌会：日本 NHK 举办的日本最大级别歌唱联欢节目，每年新年时举行，规模盛大，可类比中国的春节联欢晚会。

眼，眼睛还是死盯着窗外。新年钟声响起，良太把柳刃留在家里，到附近的根津神社去做新年参拜。信也、洋介和春菜也一起去了。

年末，家里终于在断炊以前打了生活费，所以兜里现在很宽绰。柳刃来了以后省了不少伙食费，间接帮着渡了难关。拜完神仙，良太他们便到摊子上吃些章鱼烧，饮几杯甜酒。

在附近逛了逛，又去清晨开始营业的咖啡厅小坐。

良太有些发困，但毕竟是学生时代最后一个新年，一时不愿归去。聊到接下来该往哪儿去，春菜便提出，说还想去家里看看。

“你叔叔现在还没走吧？让我们再见见嘛。”

“不行不行，你动机不纯。”

“我哪儿动机不纯啦？”

“你会瞎想些奇怪的东西啊，什么啊。”

“没有啦。单纯是因为叔叔做菜太好吃才想去的。”

“对啊对啊。”信也说道。

“我还想尝尝啊。”

“我也是。不行我可以买材料带过去。”洋介也如是说。

但万一暴露了柳刃的真实身份要出大乱子，而且也不好麻烦人家一次又一次下厨。

良太竭力拒绝三人的纠缠。春菜的眼神里突然闪烁出寒光。

“哼，无所谓，等你走了我再去玩也一样。”

“不行，这个绝对不行。”

万一他们赶上柳刃自己在家的时候过去，反而会更麻烦。要是柳刃不在，本是应该热烈欢迎香菜到来的。人生竟是如此不如意。

当然春菜丝毫体会不到这份苦恼，还缠着说要去家里玩。

“而且我不光是去蹭叔叔做的饭菜，难得叔叔在一流企业工作，我还想找他商量找工作的事儿呢。”

“小春哪用得上担心找工作呀？这脸蛋儿，这模特身材，干什么不行？”洋介大剌剌地夸赞道。

良太暗自咂舌，接着说：“前提是不能暴露出她的‘爱好’啊。”

“我不想靠男人生活。我没有结了婚就辞职的打算，所以我不想当花瓶，我想找份能长久干下去的工作。”

“我也不想靠女人养活。”信也说。

春菜嗤之以鼻。

“你个处男，好意思说什么靠不靠女人吗？”

“跟处男有什么关系？我不相信活人。”

“你就不是活人了？好了，这都是废话，良太，就让我去见叔叔嘛。”

“可不好松这个口。上次他只是心情好，其实他脾气不怎么好。”

良太想吓唬吓唬春菜。

“确实，”洋介接过话头，“你叔叔看着可挺凶。”

“对对对，所以我想听他讲话嘛。求你了，良太。”

良太被甜美的呢喃声迷倒，败下阵来。

“唉，真没办法。但说好了，可没饭吃啊。”

上午九点，良太带着三人回到家里。

进门才发现，柳刃不知为何竟不在家，只留下火野自己对着窗外，眼神迷离地看着众人。

“祝您，新年快乐！”

听到几位同学的新年祝福，火野终于醒了神。

“喔，新年快乐啊。”

火野一脸尴尬地低头。良太环视室内一圈。

“柳刃……不是，我叔呢？”

“呃，啊……”火野一时间也有些语塞。

“偶尔换个班。”

“换班？”

“不是，没什么，就是出去了一趟。”

“没事儿吗？外面不是还很危险……”良太压低声音问道。

火野凑到良太耳边，说：“甭担心。大元旦的，警察和山盛组也要歇口气。”

“叔叔呢？”春菜立刻问道。

“啊，他去新年参拜了。火野哥来串门……”良太找了些蹩脚借口。

春菜看着空空荡荡的桌子，歪头说：“新年正月，有点儿煞风景啊。”

“他也没想到大家会来嘛。我叔叔对庆祝新年什么的没兴趣。”

“这样啊。可是，这也太冷清了吧？”

“要不我去买点儿吃的吧。”洋介说。

信也却舔舔嘴唇，说：“火野哥也是厨艺高手吧？”

“啊，有这么回事儿……”

火野答道：“我给你们做点儿吧。肯定是比不上他叔做得那么好就是了。”

良太被出乎意料的回答吓得差点儿背过气，其他人却都在热烈鼓掌，眼看火野进了厨房。

良太急忙追过去。

“真……真没问题吗？您也会做饭吗？”

“不，完全不会。”

“那您为什么还那么说？”

“还不是你瞎糊弄闹的吗？说什么我跟大哥都在餐饮企业工作。”

“您要是找点儿借口拒绝就好了。”

“一帮小孩儿个个兴高采烈的，怎么好拒绝，扫兴了不是？”

“您还顾虑这个啊。”

火野打开冰箱，歪着脑袋往里看。里面塞满了柳刃网购的食材，但他却颇感无从下手。

如此绝境让良太大感头疼，他用手指死死抵着太阳穴。

“我想起来了。我唯一会的那一道！”

火野念叨着，在冰箱里乱翻一阵，取出了绞肉、西红柿、生菜、萨尔萨辣酱。但他却说这些还不够，写了张纸条塞过来。

纸条上龙飞凤舞地写着肉粒香肠、罐装玉米粒、多力多滋玉米片或 Dontacos 薯片、方便面等，都是让人摸不着头脑的东西。

“方便面买什么牌子的呢？”

“啥牌子都行，麻溜儿地买去。”

良太被火野催着赶到便利店，却还是不明白他到底要做些什么。买完回家以后，事态愈发恶化了。春菜不知为何竟在厨房里手撕生菜。火野则在用微波炉热剩饭。

“小春，你这是干吗呢？”

“闲着也是闲着，来帮忙呀。”

火野毫无厌恶之色，温柔无比地说道：“良太君，能帮我把这个放进微波炉热一下吗？”

说着，他递过来一个装满了肉末的盘子。

“您这不炒，放微波炉？”良太不禁问道。

火野满脸堆着笑说："对呀。这道菜既不用火，也不用刀哦。"

良太被恶心得直起鸡皮疙瘩，往周围看了看，只见洗菜池边放着一个大碗，里面是碎西红柿。春菜正把撕碎的剩菜一起倒进碗里。

火野把用微波炉热好了的饭也倒进那个碗里。

生菜、西红柿拌米饭，这能吃吗？

良太满心疑虑，把肉末放到微波炉里加热。火野从超市塑料袋里拿出方便面，然后双手把袋子里的面捏碎了。

春菜看得凤眼圆睁。

"这做法真是太豪迈了……"

"嗯。这个菜，就是这么做。"

火野说些莫名其妙的话，然后打开了方便面袋。他挑出汤包，单把碎面倒进饭里，然后往里面倒水。

"好，这个也用微波炉热一下。"

同样塞给良太。

良太不明就里地把饭接过来，然后从微波炉里拿出热好的肉末递给火野。火野抬手把肉末也倒进那个装有西红柿和生菜的大碗里。

"你说，他到底要做什么呀？"

"谁知道。我是完全想象不出来。"

良太闻声回头，不知何时信也和洋介已然站在身后。

良太有种做造假食品惨遭当场揭穿的感觉，不禁困窘。而火野却好像人越多越来劲似的，手脚愈发麻利。

他把微波炉加热的碎方便面、手撕肉粒香肠、罐装玉米、薯片、大量的萨尔萨辣酱，以及盐、胡椒、蛋黄酱、塔巴斯科辣酱和味精一股脑儿倒进碗里。加上碗里已经有的西红柿、生菜、米饭和肉末，碗里顿时混沌一片，这根本称不上料理。

良太被无法再加以掩饰的失败震慑得哑口无言。火野把塑料垃圾袋撑开放到水槽里。良太茫然无措，火野却把碗里的东西都倒进了垃圾袋。

良太愕然。

“这……这都不要了？”

“做失败了嘛。”

“什……”

“说笑的。好戏现在才上演。”

火野顺着袋口往里吹气，吹得够膨大了，便开始用双手摇晃起袋子来，他的动作无比激烈，好似坏了的猴子玩具一般。

他这是自暴自弃了，还是精神失常了？

良太只觉得不忍直视，闭上了双眼。

“哇，好厉害呀。”春菜说道。

一睁开眼，只见火野正拿汤勺把垃圾袋里的东西一勺一勺舀到大盘子里。像拌饭，又像墨西哥卷，真说不好这到底是什么玩意儿。

“您做的这道是什么菜？”洋介大剌剌地问道。

火野则神气十足：“这个，叫 Jailrice。”

“Jail？翻译过来是叫‘监狱’吧？”

“对头。这是跟美国黑帮学的。”

“美国黑帮？”

洋介把眼瞪得溜圆。良太赶紧打掩护。

“呃，火野哥出差去国外来着，当时他间接学到的。”

“是这么回事儿吧？”良太给火野递话。

“对对。”火野含含糊糊地应道。

“这个牢饭是监狱犯人各自出材料做的。在监狱没有火和菜刀，只能用微波炉。最初据说是那伙墨西哥裔美国人在监狱尝试做来吃的……”

一听出他又要说漏嘴，良太赶紧把话头岔开。

“好啦，快开饭吧。”

大家把盘子端到屋里，各自分吃。良太看着五彩斑斓的牢饭，战战兢兢地舀了一勺到嘴里，这味道还真是很奇特。

萨尔萨辣酱和塔巴斯科辣酱的辣味特别冲，整体来说较多汁且富异域风情，但又实在是一言难尽。肉末和香肠的香味，西红柿的酸味，生菜的苦味，玉米和薯片的嚼劲儿，面和米饭混合起来，有种面炒饭的感觉。

“挺好吃啊。这个，我也能做出来。”信也说。

洋介毕竟平日习惯了锦衣玉食，面露难色地说道：“挺有意思的。我还是头一次吃监狱餐。”

春菜动勺吃了一口。

“嗯……有种狂野男人的气息呀。”

“你又开始‘有色眼镜’了。”良太说。

火野看到众人的反应，似乎感到十分满足。

“怎么样，这股浓郁的美式垃圾食品口感？用料没有严格规定，喜欢的话可以加些豆子啊、葱啊、油炸薯片之类的。”

“但用垃圾袋做饭，实在有点儿让人接受不了。”

洋介话音未落，春菜便立刻反驳他。

“好就好在这儿啊。你个大男人，别总婆婆妈妈的。”

“这个牢饭不太需要洗碗，所以很适合宅男。你当初还直接捧着锅吃面来着吧？”良太说道。

信也点点头。

“嗯。直接捧着垃圾袋吃应该也没问题。”

“可别。那就恶心过分了。”

不知不觉间，门口响起轻轻的开门声，原来是柳刃回来了。

他手里拎着超市的袋子，似乎买了不少东西。

柳刃看到大家都在，不禁一愣，但还是扮演着好叔叔的角色，向众人致以新年问候。

“太好了，叔叔回来了。我有事情想请教您呢。”春菜说。

柳刃到桌前坐下。

“想问些什么呢？”

“我找工作一直不太顺利。笔试都能过，但每次面试都会被刷下去。学校的模拟面试都说我肯定没问题的……”

“学校学的都是基础流程。要是按流程来就一定能行的话，为什么还会有人落选呢？”

“也不光是学校教的，那些企业调查、自我剖析什么的我也都认真去做了，还背了 SPI[1] 的真题集呢。”

“光是这些看来还不够。”

“您是说，应该把求职动机和自我展示之类的再充实一些吗？”

“你说那些我不懂，但面试说白了就是出售自己这件商品的过程吧。”

“自己这件商品？”

“对。就像你买东西的时候那样，企业也会为你定价。那么，

1　SPI：日本就业录用考试。

关键就在于这件商品到底好在什么地方。你不去展现商品的魅力，人家怎么会买呢？”

“所谓魅力，是不是就比如工作能力……”

“这当然也是一部分。但是工作本身是个可发挥的问题。不是每件事都一定要循规蹈矩。拿推销来说，同样的商品，你卖给十个主妇，和卖给一个普通企业的老板，哪个更挣钱？”

“呃，人数是十比一，所以销售额本身的话卖给十个人会高……”

“但老板要是向员工推荐的话，一次甚至能有几十上百人下单订货。卖给主妇和卖给老板一样，都是面向一个人，下的力气是一样的。”

“您说得确实很对。但这是推销……”

“找工作也一样。面试官基本都来自管理岗，手里没什么权限。如果能越过他们，直接向企业经营者展示的话，或许就可以避免烦琐的流程，直接获得聘用。”

“就是说，需要灵活一些？”

“有些地方需要贯彻，有些时候需要变通，并不是说可以不下功夫。工作本身必须有所坚持，总想逃避困难的人永远不能进步。要坚持挑战困难，从中摸索创造，才能跟别人拉开差距。”

“工作要有所坚持，那您的意思是说，公司的人际关系是需要灵活应对的吧？”

“公司不是机械，它靠人来运转。太死板应付不了人，要想抓住人心，就要尝试抓住成规之外的机会。”

“确实。”洋介说。

“我老爸也是，看上眼的人都不用面试，直接就聘进来。”

“这太耍赖了。勤奋努力准备应聘的人多可怜呀。”信也说。

“呵呵。”柳刃一笑。

“‘勤奋’可是个很模糊的说法。它的判断依据是非常随意的。说某人是否勤奋，完全是他人的主观臆断。”

“我觉得勤奋应该就是认真吧。”春菜说道。

“字面上是有这个意思。但是，对某事是否认真，也就是是否勤奋，只有本人清楚。旁观者觉得勤奋，本人也许感觉很随意，反之亦然。就算别人知道你勤奋，又有什么用？这个人很勤奋，我们应该为他做点儿什么，这叫同情，说到底是他人的评价。”

“难道不用在意别人的评价吗？”

“倒也不是。面试结论就是从他人评价来的。但是，勤奋与否，是你自己的问题，跟公司要不要你是两回事。”

“那，就是说可以投机取巧了？”

“如果说与众不同就是取巧的话，那当然应该。至少不致力创新的人称不上勤奋。只不过是些不爱学习、大脑空空、不知变通的人而已。”

“打个比方吧，”柳刃指着桌上的牢饭说，“我不知道这是个什么东西。但做菜，就是个需要致力于创新的行当。鸡蛋是圆的，但也能切成方的。换些新视角、新想法，就会产生新的东西。”

“那就是说，不能太流俗？”

“料理，就是食材、调味料和烹饪方法的组合。创意也是信息和信息的组合。求职也是，不要受社会风潮影响，自己心里要有主意。”

说着，柳刃拿起良太的饭勺，舀起牢饭吃了一口，眉头顿时紧皱。

“这谁做的？”

“我做的。”火野挠挠头。

柳刃叹了口气，起身说：“过年哪能吃这种东西。我做点儿什么吧。”

众人一片欢腾。

第五章

做牛排，用 A5 不如用超市促销品

一眨眼，寒假就过去了。从今天开始，就是下半学年了。

去年长假结束时还很让人忧郁，今年反而对开学翘首以盼。也许是因为毕业时节临近了吧。

除了元旦那天比较热闹以外，寒假良太整天都在家里待着。

柳刃也一样，除了元旦出过门以外就再也没出门，起居规律恢复到和平日别无二致。

和大家在一起的时候他还能装得有说有笑，一旦两人单独相处，就又是一言不发。

良太试着跟他商量找工作的事情，却只换来一句冷冷的回答——自己琢磨去。

找黑社会商量找工作的事情当然是不太对劲儿。但良太都忍着让他一直蹭住到现在，发挥点儿作用不是理所应当吗？

不必说，一说到吃，柳刃还是那样顽固。

打下手这么长时间，良太也学到了不少要领。例如煮菜的时候，地上长的开水下锅，地下长的凉水下锅，蘑菇不能洗不然香味会散，烤鱼时火要大而远，等等，学会了不少基本窍门。

偶尔想自己上手做点儿吃的，却总会被柳刃拦住。

不小心多手多脚了，会被他用如刀剑般锐利的眼神狠刺。

他做菜确实好吃，但光是鸠占鹊巢就算了，还霸占别人家的厨房，这让良太对现在的生活平添一层不满。

今天的早饭是煎蛋辣明太子卷，又白又粗的蒸香肠，泽庵萝卜，朴蕈[1]豆腐汤和米饭。

良太一直爱吃煎蛋，这次夹着辣明太子，吃得就更香了。

辣明太子是用煎完鸡蛋的余热加温的，看起来很像鳕鱼子，吃起来却有种淡淡的生鲜味。

“这是什么菜？”

“在福冈都叫它‘明蛋’。”

“明蛋？”

“应该就是明太子加鸡蛋的意思吧。”

“您是生在福冈吗？”

“不，我在那儿工作过而已。”

之前也问过他是哪儿的人，但他一直不说。

1 朴蕈：一种产于日本长野县的蘑菇。

蒸香肠用筷子夹不断，良太便拿起刀叉。吃到嘴里，只觉得脆爽有弹力，咬一口肉汁四溢。味道如此浓厚，却丝毫不腻，非常适合当早餐。蘸着芥末粒吃也不错。

良太又问这香肠的由来。

“这个是德国的巴伐利亚白香肠。”

“这名字好拗口啊。”[1]

“一般的吃法，是把它泡在汤里放至变凉，放到桌上，就着一种叫布雷茨（Brezel）的烤面包一起吃的。那边只吃肉，不吃皮，很浪费。”

“皮也很好吃啊。”

“拜仁地区以这个肠闻名于世，据说在那里人们都是大白天手拿一只热气腾腾的肠下白啤酒吃的，因为放的时间越久越不好吃。”

吃完早饭，柳刃又恢复沉默，回到床边坐下。

良太装好了书包，出门上学去了。

放完寒假刚开学，学校里的空气很是沉闷。

学生数量较放假之前大幅减少。自然，那些学分修够又签好

1　原文为ヴァイスヴルスト，读起来较为拗口。

工作合同的人不会再来，现在还在学校里晃悠的，不是学分不够的，就是游手好闲之辈。

良太和信也属于前者，洋介和春菜属于后者。

但春菜也不是纯闲人，她正为找不到工作心焦。午休时，良太和信也、洋介一起在食堂吃饭，只见她一身西装，款款而来。她说一会儿要去出版社面试，良太不禁感到羡慕。

年末投过简历的那些公司陆续寄回了不录取的通知，只剩下一家条件最好的公司，相信也没什么希望。

春菜从公文包里掏出一本小册子。

“怎么样？这是我为找工作特地加班加点做出来的。”

良太拿起一看，封皮上写着“结城春菜的过去与现在”。

面对如此气势恢宏的标题，良太强忍着喷饭的冲动，随手翻看起来，内容大致是把她从出生到现在的经历配上插画，以漫画风格介绍了一遍。

“这是跟良太的叔叔谈过之后想出来的，就觉得绝对要与众不同嘛。”

“挺精美的。没看出你这方面也挺有才啊。”良太深感佩服。

信也贱贱地笑道：“在社团的时候还是除了 BL 小说什么都不会写呢。”

“玩儿跟工作能一样吗？！”

“真挺不错的。”洋介也说。

“不过面试的时候大家都很赶吧？人家能耐心读吗？”

“我给他留下不就完了？我已经准备了好几册彩印本，之后我打算投简历的时候一起邮过去。”

“真厉害。小春现在是认真模式啊。”

“只是别人这么想而已。叔叔也说过的。”

“不会的，都努力到这份儿上了，肯定能行。”

“不不，这次应该没机会了。虽然是个小出版社，但看以往聘用经历，要的都是一流大学毕业生。”

“那些看重学历的公司真讨厌。这就是歧视嘛。”信也说。

“没办法呀。除了学历也没有其他可以衡量的标准。被录用之前受点儿歧视也不怕，等实际参加工作了，也算值得了。”

“可是进了公司以后也难免会遭遇那些按出身分帮结派的人呀。”

“要是在意那些，还怎么干好工作？你活在二次元还无所谓，我可是有好多梦想要实现呢。”

“确实，我对三次元真是无欲无求。为什么呢？”

“自卑心理的反作用呗。”洋介说。

“过分了啊。”春菜皱眉说道，“你一说就显得特别刺耳。”

“没事儿，没事儿。”信也倒坦然。

“说实话，可能对不住洋介，但我真不羡慕。”

“没什么对不住的。我现在过得也很普通。”

“大家都在为过你那种‘普通’日子拼命呢。”春菜挑了刺。

“你怎么不谢谢你爸妈？”

“我很感谢啊。但我过得真不像你们想的那么轻松。”

“不就是生而成功的人的那种彷徨和不安吗？真恶心。”

“用不着这么针对吧？我也没做什么坏事。”

“你是没做，单是你那富二代的光环就很刺眼了。”

“说到这儿了，良太，你叔叔还在你家待着吧？”

洋介为扯开话题突然话锋一转。良太只得答“是”。洋介便双手合十咕哝着说：“真奇怪啊。”

“有什么奇怪的啊。”

“再怎么派遣，也不至于在侄子家住这么久吧？”

“那不是……现在还在找房子嘛。”

“一流企业工作的人，正常来说都有公司宿舍可以住啊。”

洋介尖锐的吐槽让良太一时语塞。他接着说下去。

“我问你，那个人，真的是你叔叔吗？”

“当然了。不是我叔，还能是什么啊？”

“难道……”春菜兴奋地说道，她的双颊微微泛红。

良太不禁有些头疼。

“不对，你想的那个，肯定不对。”

“他那个下属火野哥，也成天往你家跑。”信也说。

“那又怎么样？”良太说。

“何至于整天跑，也就见过那两次嘛。”

“算了啦。良太都说了是他叔了。”

“小春你也是，突然说什么啊！”

“我没怀疑呀。我挺喜欢叔叔的。正月那次他做的火锅，超级好吃。”

“扇贝涮涮锅！那个真好吃啊。”信也叹道。

洋介也点点头。

“鲜活的贝直接下锅，一开盖就蘸着柠檬醋、葱、辣萝卜酱吃，简单明快。我都不知道一个扇贝也能那么好吃。”

“最后那个菜粥太棒了，里面都是扇贝汤。”

大家围绕那次火锅谈得热火朝天，良太心里却在为洋介的质疑感到不安。

不能把柳刃和火野的真实身份暴露出去。

要是从谁嘴里漏了风声，导致他俩被警察或者山盛组抓走了，自己恐怕难得瓦全。就算自己没事儿，一想到他们是因为自己倒霉，也难免会有些内疚。

原本他俩是罪魁祸首。干黑社会的，本来就迟早要出事儿，照说自己没必要在乎他俩将来的死活。只是如果他俩注定要落得悲惨下场，也应该等离开自己家再说。

放学后，良太去信也家玩。

本来现在是没有闲工夫玩的。但毕竟闷了一整个寒假，洋介怀疑柳刃也让人不能大意，搞得良太还不想直接回家。

信也住在一栋房龄十年左右、十分亮堂的公寓里。跟自己家一比，人家有自动锁，也有电梯。户型 1DK，理应很宽敞，但里面却窄得几乎没法转身。

原因有很多，例如收藏着人偶的大立柜，塞满了动画 DVD 和游戏光盘的架子，一摞一摞堆满了整面墙的漫画书，等等。

在这个状似浓缩版Mandarake[1]的空间里还塞着一张电脑桌，上面摆着两部笔记本电脑，对面是一台四十英寸的电视，中间有张床。于是室内供人类生活的空间就只有这张床了。

而这张床上又放着好几个画有美少女游戏女角色的抱枕，坐下去颇需一番挣扎。

良太和信也随便打了打格斗游戏，心里却一直不是滋味。

连败十局的他放下了手柄。

“怎么啦，这么没精神头？”

---

1 Mandarake：まんだらけ，日本著名二手商店。

“嗯。有点儿烦。”

“是洋介说的惹着你了？”

“跟那个没关系。刚开学，有点儿不适应而已。”

信也似乎也对柳刃有些好奇，但应该是顾虑到良太的心情，没有再做深究。除了兴趣以外基本与世无争，这该算是宅男的一大优点。

“饿啦。你也吃点儿？”

“不了。”

“也是，有叔叔给你做饭嘛。”

“那倒不是。总吃家里的容易腻。回去的时候路上随便吃点儿好了。”

信也半爬出屋去了厨房，捧了个超大号海鲜面回来。

“你吃这么大碗，还不得胖？”

“不是，我昨天就吃了一顿。”

“真的假的啊？平安夜那天你还在我家那通海吃，剩下的肯德基也被你拿回来自己一扫而光了吧？”

“这要是不放热水，而是用热牛奶泡的话该有多好吃呀。”

“你听到我说话没有啊？”

“这是我妈说的。”

“你还真没听啊。”

信也低头大口吃面。

“话别说一半啊。你妈说什么了？”

“今天下午给我打电话来着。说要是不找工作就赶紧回家，要不就不给生活费了。”

“哦，那理所当然啊。总不能一辈子啃老吧。”

“说了，让我回去帮忙屠宰。”

“毕竟是家传手艺，我看没什么问题。”

“怎么没问题啊？那种粗活，周围还净是些社会青年。”

“那你就找个地方工作呗。”

“说得容易，我之前也没做过准备……”

说到这儿，信也呛着了一下，然后连着鼻涕和面一起吸进肚里。

良太拍了拍信也的肩。

拍完却想不出安慰的话语。又不准备求职，又不打工，混到今天，岂不是自作自受？良太在心里骂他啃老，但一想到信也要一直为将来迷茫下去，便又为无能为力的自己感到遗憾。

带着尴尬的气氛，良太离开了信也的家。本想吃碗面条，但又想万一柳刃给自己留了饭，不吃肯定不好，于是便直接回了家。

到家的时候已经晚上十点多了。

比预想中迟了不少，这让良太有些踌躇。但仔细想想，也没跟人家说好几点回来之类，这时间点儿，柳刃早就吃完晚饭了吧？

一进屋，只闻着一股难以言表的香味儿。

良太顿时感到肚饿，进屋一瞟，柳刃和火野正在大嚼牛排下红酒。酒名科诺苏，是智利的名牌。

柳刃的刀叉不停。

“看你一直没回，就把你那份给火野吃了。”

“多谢款待！”火野笑着挥挥手。

“你还没吃吧？来半块儿？”

“不用，谢谢。”

良太转身离开，坐到电脑桌前打开笔记本电脑。虽说没指望着人家能等，但一想没自己的份儿还是有些生气。

身后，火野问起了牛排的做法。

“这就是超市一块500日元的肉，更谈不上什么和牛，为啥大哥偏能做得这么好吃呢？”

“我不喜欢脂肪多的肉。哪怕是A5级的高级肉，要都是些白肉膘子，我宁可选择美国、加拿大或者澳大利亚产的瘦肉。当然选好肉是应该的。”

“那应该选什么样的肉呢？”

“颜色发黑的、瘦肉肥肉不分的，又或者是肉汁直淌的肉片都不行。要买那种颜色鲜艳、有弹力的肉。”

“外国产的便宜肉可是贼硬。这块肉咋这么软嫩可口呢？”

“不是软嫩就高级。想把肉做得软嫩倒是很简单。这块肉我是放到圆葱汁里腌了一小时的。”

“就这么简单？”

“还有不少可以用来腌肉、让肉变得软嫩的东西。酸奶、牛奶、日本酒、红酒、醋、菠萝汁、猕猴桃和梨汁、可乐。”

“拿可乐腌肉，那不是要出怪味儿……”

“煎过以后反而没味。光腌还不够，还得把肉恢复常温，然后改刀。”

“我每次都是从冰箱拿出来就上火煎了，从来没改刀过。”

“肉不是常温煎起来会费火。改刀一是为把肉变软，二是防止煎肉时肉变弯。”

“啥时候撒椒盐？”

“煎之前撒上一面就可以。放盐太早肉会发硬。煎之前，要把肉上面的圆葱汁去干净。煎肉用牛油比色拉油好。火力用强火，要让平底锅上微微冒烟。把撒好了椒盐的那一边煎上三十秒以后就调中火。看到肉上冒汁，就换成小火，然后翻面，这时候可以加红酒出香味。”

“这就是传说中的‘flamber’吧？火一下子撩起来的那个。”

良太想象着煎肉的情形，肚子竟咕咕大叫起来。

可能是声音太大被他俩听见了，对话中断了片刻。

“怕火的话，可以立刻盖上锅盖。当然不盖也行。三十秒就可以三分熟了。具体火候只能自己慢慢掌握。”

“这个酱汁也好吃。很咸，但又很爽口。”

“我在腌过肉的圆葱汁里加了酱油、味醂和柠檬汁，下锅加蒜泥和黄油炒过以后，把煎肉剩下的肉汁和油也拌进去了。算是夏里亚宾酱[1]的变种。”

“夏里亚宾酱？”

“不用再捧我了。总之，这个酱汁弄到饭里很好吃。可以说比起肉来，它才是主角。”

“那肯定得好吃啊。”

“酱我多做了点儿，饭也还有。”

“好哇。我可得赶紧盛饭吃喽。”

听到这儿，良太已是垂涎欲滴、按捺不住了。

他转身扭捏说道：“呃……那个，我能不能也吃点儿？”

良太热好米饭，洒上酱汁，搅个匀匀实实，大吃起来。

---

1 夏里亚宾：俄国歌唱演员，布尔什维克掌权后为避免被迫害而逃亡外国，后迅速被苏联政府剥夺名誉。曾于 1936 年造访日本，其在帝国餐厅点餐时亲自要求调配的酱汁最终以他的名字命名。

圆葱和味醂的甜味、酱油和蒜香、黄油和肉的鲜香、柠檬的酸爽，每一样都和饭融为一体，虽然没吃到牛排，但光这些就已经美味十足。良太不觉间连吃了三大碗，都有些撑着了。

生了半天闷气，现在又吃得这么欢，不免有些尴尬。良太又回到电脑屏幕前翻看求职网站。就在此时，火野突然在良太背后说道：

“找到好公司没有啊？”

“还没呢，都是些条件特别差的。”

“别太挑剔了。条件差点儿也是工作啊。”

“应届生求职，一辈子就这么一回，这要是找不到个好地方……”

“你小子根本干不了正常工作吧？去当个小白脸让富婆养你呗。”

“我可不行，根本没那个资本。”

“那你应该想办法变得有资本啊。你不是也想整天不劳而获嘛。”

“那多差劲啊。当了小白脸哪还有脸见人？”

“那我看，你还是混黑社会合适。”

“这个我也不愿意啊。光看你俩就知道多受罪了。”

“这年头要混饭吃，哪一行都遭罪。”

“是这么回事儿，那也犯不上非得玩命不可呀。”

“我可告诉你，干普通工作，那是一眼望到底啊。就不想赚几笔大钱？”

“不想，能过太平日子就挺好的。”

“‘太平日子’？你个大男人，怎么这么不上进啊？”

“不行吗？”

“没说不行。不过，这年头咋过太平日子？人生在世，指不定哪天突然让你见阎王。看看电视上的新闻，每天都有比你还年轻的人说死就死。”

“确实，人活着说不定什么时候会出什么事儿，但我还是想活得正派些。”

“想活得正派没问题。”

良太闻声回首，柳刃也开口了。他点着了手上的七星香烟。

“但要是光看表面，迟早要吃大亏。想活在正道上，就得瞪大眼睛，多去看那些深层的东西。”

“这是您那行的规矩吧？”

“不尽然。凡事都有两面。光照越强，影子也越浓重，世界既不是纯粹的光明，也不是彻底的漆黑。一切都是表里一体。”

“可是，我不想接触黑暗的那面。”

“越像你这样装好人的人最后越混蛋。”

“我哪儿装好人了啊？”

“你不觉得而已。总是讳疾忌医，视野会越来越窄，想法会愈发单纯。自以为善的人都属于这类货色。”

“拿自己当好人有什么不对？”

“自以为善的人都刚愎自用，因为他觉得自己永远正确。成功的时候，一切都归功于自己的才华；相反，失败的时候，那就是别人或者社会出了毛病。这样的人永远不会有长进，因为他看不到事物的本质。”

“我从来也没觉得自己总是对的啊……”

“那好，你就去想想自己哪儿是错的吧。”

一通教训让良太非常不爽。

“我觉得现在的生活是错的。”

“怎么个错法？”

“不敢说，怕您发火。”

“我不发火，你说就是。”

虽然柳刃如是说，但良太还是怕他生气，不敢张口。可柳刃死盯着自己，好像不答还不行。

良太心一横，说：“您和火野可都是黑社会。像我这种老实本分的大学生根本不该跟你们扯上关系。所以，现在这种生活纯粹是大错特错……”

“行，知道了。”

柳刃把烟摁熄在烟灰缸里。

“你一找到工作，我立刻就走。”

“真的？”

“嗯。大丈夫一言既出，驷马难追。但打工兼职不行，必须是找了正经公司，拿回内定当证据才算数。”

“您说的正经公司，不是那些大企业也可以？”

“规模不限。”

“明白了。”

火野脸上挂不住了。

“大哥你别啊，这怎么使得……”

“藏了这么久，也该到时候了。找到合适的机会就换地方吧。”

“可是，也可能这小子就是怎么也找不着工作啊。那样的话，岂不是要在这儿住一辈子……”

“您放心！”良太忍不住喊道，“不用您费这种心，我肯定能找到工作！”

半夜，良太躺在被窝里翻看着手机上的求职信息。

火野走了，柳刃却还没睡，一直眺望着窗外。

一想到找到工作就可以把他俩赶走，良太找工作的劲头就越来越大。

柳刃说了，公司规模不限。那找些小公司也无妨。再不济，那些年轻人都不乐意去、缺人缺得厉害的地方总能签上吧？想找回安稳日子，就得走这条路子。

不过，对于职业和条件总还有些纠结。

这年头，出版业和广告业都处在瓶颈，缺乏稳定性。而且各处几乎都是不招应届生，只招有工作经验的。可良太还是不愿意放弃，不愿意勉强自己干不喜欢的工作。

躺在被窝里看着手机，他不知不觉间眼皮越来越沉。

算了，睡吧。刚这么想，手机突然收到一条短信。

肯定是垃圾短信。但点开一看，内容却让人顿时振奋起来。

若水良太先生：

我是株式会社 Hot Energy 的人事管理粕谷。

非常感谢您这次应募我公司的招聘。

您的笔试成绩非常优秀，我们期待着您前来面试。

请您在下述日期来我公司面试。

静待佳音。

发来短信的，是去年年末时投过简历的一家广告代理公司。

“太好啦！”

良太在心里狂叫。

本以为笔试不可能通过，现在直接收到面试通知，真是让人兴奋不已。此时此刻收到面试通知，这简直是上帝伸出的救赎之手。

只要拿到这家公司的内定，不仅能进入自己所憧憬的文创业界，还能把柳刃他俩赶走，更能跟还没拿到内定的小伙伴们拉开差距。

这是个连本带利都能捞回来的天赐良机。

面试时间定在三天后的上午十点。虽然上面说要是不方便还可以换时间，但显然无此必要。良太兴冲冲地回了信息。

第六章

平底锅让方便咖喱变成绝品美味

近来连日都是阴天，偏偏面试当天一片晴朗。

已经好久没有在闹钟响起之前就自然醒了。才早上七点，心里已是激情澎湃。

收到短信的第二天，良太逃了学校的课，用电脑做了作品。

Hot Energy的招聘工种是设计和文案，所以良太便制作了架空广告，然后做了文案设计。学校不教怎么做设计，良太也没正经写过几篇文章，做出来的东西非常粗糙。

但是，良太想向面试官表现自己的求职决心。良太事先上网按模板写好了自我展示和求职动机，然后背了个滚瓜烂熟。

柳刃早已起床，在床边大抽七星香烟。

良太洗了把脸，刮了胡子，熨了熨西装和衬衫。

“面试吗？”柳刃问。

良太却撒谎，说是公司访问。

良太没有告诉他们，自己通过了Hot Energy的笔试。他想一口气拿下内定，好扬眉吐气一把。

把作品装进公文包的时候，突然想起上面好像还有错别字。这样去面试不知会多丢人。他急急忙忙用笔记本电脑改了改，重打一份，完事儿的时候已经八点多了。

Hot Energy 地处吉祥寺，坐电车去需要将近一个小时。再加上走路的时间，至少要在九点以前出门。

虽然肚子饿，但是没工夫吃早饭，也只能忍一忍了。

“公司访问是几点？”柳刃问道。

“十点。但地点是吉祥寺……”

“时间很紧。简单做点儿吧。”

柳刃进了厨房，拿出了良太准备留着自己吃的“LEE 劲辣 10 倍”方便咖喱。柳刃做方便食品实在难得。本以为要下热水，结果柳刃开了包装以后把咖喱直接下到平底锅里。

良太大感不解。

“这个只有一人份。”

“够，加点儿咖喱粉就行了。”

柳刃把炉子开到中火，用汤勺搅拌咖喱让它逐渐升温，接着停火，加了三小勺爱思必牌（S&B）咖喱粉。然后他又加了少许的水，把咖喱整体拌匀以后重新开了火。

柳刃把前一天晚上的剩饭倒进咖喱里，用汤勺拌匀，然后以做炒饭的手法把锅扬起。因为水分太大，所以不似炒饭般干爽，而是颇显黏稠。

但柳刃毫不在意，用勺子舀出咖喱饭，盛了两盘，然后又用汤勺把饭压平，打了个生鸡蛋，配上福神渍[1]和辣薤，盛到盘边。

“做好了。拿去。”

良太匆忙接过，送到桌上。

一眼看去，像咖喱炒饭，又像咖喱杂烩饭，但咖喱块和饭直接混在一起，又显然不同。柳刃拿来一瓶可果美辣酱油，坐到了良太对面。

“你就把鸡蛋搅碎到饭里，加点儿辣油对付着吃一口吧。”

“您这是什么菜？”

“大阪有个名吃，就是直接拿咖喱块拌饭。我照那个学了一下。”

“我开动了。”良太合掌，用勺子舀起一勺这道奇特的咖喱。饭越黏，吃着越觉得咸。

多加咖喱粉导致口味偏辣，不过把鸡蛋拌到饭里以后，口味一下变得非常圆润。紧接着加入辣油做点缀，顿时咖喱的美味又更进一层。“好吃。”良太不禁说道。

“不说的话肯定想不到原本是用方便咖喱做的。”

1　福神渍：日本的一种什锦八宝菜。

“做方便咖喱，开包下锅加热可以去掉方便咖喱的腥味，比带包下热水更好吃。多放咖喱粉也可以去味。”

“那您中间停火是为什么呢？”

“在保持加热的状态下加咖喱粉会成坨，这样就搅不开了。煮咖喱块的时候做法也一样。”

“原来如此。记得您当初做味噌汁的时候，也是下锅之前先停火来着。”

柳刃点头，吃了一口饭。

“不过，咖喱和辣酱油还真是绝配啊。”

“据说昭和年代，大家都这么吃。当然那时的咖喱没有现在这么多口味，那是个用咖喱粉加小麦粉配出来的咖喱块做纯黄色咖喱的年代。”

“我听父母说过这种咖喱。”

“你不是着急吗？快吃吧。”

“再问一个问题。做这个饭的时候，是用哪个牌子的方便咖喱都可以吗？”

“嗯。想做得更好吃，可以按自己口味，事先切点儿肉和香肠片或者葱丝之类的配料跟咖喱粉一起入油炒过，再加咖喱块即可。也可以加点儿胡椒和番茄酱，中间再放辣酱油。精髓在于要炒到微微发焦。”

“明白了，就叫它咖喱拌饭好了。”

这个好做。等他俩一走就可以自己做来试试。

只要今天面试通过，这个目标也就不再遥远了。

良太狼吞虎咽吃完咖喱拌饭，穿上宝贝西装出了门。

在吉祥寺下车后，良太打开了手机地图。

Hot Energy 位于井头路对面的写字楼八楼。

这是一栋满面玻璃窗的建筑，入口从墙到地板清一色的大理石质地。楼里匆匆来往的男男女女个个身着高级西装。良太感到自己身处其中有些落魄，顺着电梯上了八楼。

办公室门口好似著名品牌专卖店一样气派。Hot Energy 的立体标牌在聚光灯的照耀下金碧辉煌。

良太备感不自在，不敢开门进屋。看看手机，离十点还有五分钟，他去了趟走廊边上的厕所。厕所里也亮堂得跟豪华酒店一般。

良太对着洗脸池镜子整整头发，重新系好领带，对着镜子抬起嘴角挤出个微笑。就在这时，厕所里进来一群身穿白衬衫的男子。

良太害怕自己兀自傻笑被人看见，羞得满脸火烧。慌张中他冲回走廊，深吸一口气，打开了 Hot Energy 的大门。

接待台里，一位身穿制服的女子向良太问好。

女接待员美若名模，良太不禁有些神醉情迷。

“您……您好，我是来面试的若水……”

“好的。请随我这边走。”

女接待员十分恭敬地给良太鞠了一躬，然后就踩着高跟鞋“嗒、嗒”地走了出来。

良太哈着腰猥琐地跟在后面。包臀裙下面修长的美腿是如此美丽夺目，他只得告诉自己，现在不是看人家大腿的时候。

抬头看看办公室，也不知是社员都出外勤还是怎么，竟十分空旷，只有几张办公桌稀稀拉拉摆在屋里。

角落里堆满了印刷品，墙上贴有公司自己做的企业海报，标有业务预期的白板，以及一张柱状图。柱状图的每个柱上都写有社员的名字，看起来似乎是什么业务成绩。

再上面有个大横幅，写着“创造新价值，不惧新挑战”的打鸡血式标语。

入口那般豪华，办公室却如此朴素，再往里走，是铺满了红地毯的走廊。走廊尽头是一扇厚重的木门，上面用英文写着“President”。

乍一看，脑子里先想到的是“总统”，仔细想想，应该是总裁办公室。

突如其来的社长面试让良太十分震悚。接待员敲了门。

“面试人员到了。”

“请进。”屋里传来浑厚有力的声音，于是接待员便为良太开了门。

良太十分紧张地走进屋里，立刻就看呆了。总裁办公室之宽敞不亚于大办公间，所谓总统套房也不过如此。

屋里也铺满了红地毯，而且毛要比走廊的地毯长得多，可以埋过脚脖。天花板上挂着十分豪华的吊灯，墙上挂满了镶着金边的画。室内正中央摆着一张纯皮沙发和大理石客桌，对面是木制的超大型办公桌。

身穿双排扣西装的中年男子抱着膀子看着良太。“高秃入云”的额头上露出了健康而丰润的血色。他的身后是整片的窗玻璃，城市风景尽收眼底。

良太觉得好似闯入异次元一般。

“你好，请坐。”

男人抬手指指沙发。

良太战战兢兢地坐下，那沙发竟软得好似要把他吞进去一般。

靠着高椅子坐着的男人开了口。

“今天本应是管人事的粕谷负责面试，不巧他紧急出差了，所以这次面试就由我来负责。你要知道，当老板是很忙的。”

良太诚惶诚恐地点点头。男人自称热海。

“本公司正常需要进行四次面试，本年度的录用也早已确定内定人选，不巧业绩突飞猛进，导致人手不足，这才开始进行紧急招聘。”

良太又是诚惶诚恐地点点头。

热海身后的书架上满满当当的都是高尔夫比赛的奖杯，其中见缝插针地摆着好些张热海和影视明星、著名运动员的合影。

热海瞥了一眼桌上的简历。

“意向是制作对吧？设计和文案之类……”

“是的。我这次来还带了作品。”

良太正要从公文包里往外掏，热海却抬抬手示意。

“我看不懂那些东西。制作现在是其他事务所在负责，不幸现在没有空缺。总之，希望你可以从推销干起。”

“您是说，推销？”

“广告代理公司的核心动力在于推销。多去跑几趟推销，之后转到制作的时候会更利于发挥。”

聘用工作岗位写明了要设计和文案，为什么现在又变成推销员？

“那个，有工作定额吗？”

“没有，但是有销售预期。基本都是寄放式销售，所以你只需要开发客户完成目标就可以。如果还有进一步的开拓意愿，工资也会立刻提升。”

“就好比说，”热海说着，报出了个三倍于普通应届生工资的数字，“去年刚招来的职工，好几个都拿这个数。我们跟其他公司不一样，我们的待遇与实际成绩严格挂钩。不过近期要上市了，所以现在这种招聘估计也是最后一次。”

“上市！真厉害！”

“不过，繁忙程度会更上一层。我得满世界去跑。当老板太不容易了。”

良太连连称是，但热海却有些说烦了，打了个哈欠。

“那，你打算怎么办？干两天试试？”

虽说感觉他有些说大话，但应该确实能挣钱吧。

良太不确定自己能不能干推销，也不知道在这家公司工作是好是坏。

但现在不容自己挑肥拣瘦了。无论如何，先得入了业界的门。

良太一挺身。

“我干。不是，请让我干吧！”

“那你到时候就来吧。四月份开始吧。”

“啊，好。”

这实在是太干脆了。

“您的意思是录用了？”

“这次特殊。刚才我也说了，按正规程序一次面试不会立即被录用，碰巧我在，才有这种立即聘用的好事。你运气不错。”热海一副施了大恩的语气。

“非常感谢。”良太深深鞠了一躬。

之前愁了那么久，没想到工作居然这么容易就找到了。

不仅是作品，连自我展示和求职动机都没用上，多少有些遗憾，但这样一来最大的烦恼也已迎刃而解。面试时虽然有些紧张，但全然不似以往那般狼狈，许是自己和黑社会住了许久，神经锻炼得更强韧了吧。

回家路上给信也打了个电话，他似乎不在学校，所以很快就接了。

一说自己找到工作了，耳边立刻传来信也真诚的祝福。

“恭喜你呀。咱们聚一下，给你庆祝庆祝！”

“好。不过你先别跟洋介和春菜说。”

“为啥？”

“我想给他们个惊喜。”

“懂。那我先不说出去。”

良太本想叫信也一起出去畅玩一番，却不由自主地犹豫了。

上次见面的时候，信也还在为将来而失落。自己高兴得过分，竟给他打了电话，仔细想想，向他报喜实在是有些欠考虑。

要是让信也落得好似落单一般，自己心里也会不好受。于是良太停掉话头，随便扯了两句无关的，就挂了电话。

不让信也给洋介和春菜分享自己找到工作一事，其实也不是为了什么惊喜，而是怕他们又跑到家里来添乱。

洋介对柳刃的真实身份有所怀疑。春菜嘴上不说，心里想法大概也不会差出多远。

良太还是想等到柳刃和火野走人之后，再好好和大家一起庆祝。

既然已经获得录用，自己就可以顺理成章地和他们断绝关系。问题在于柳刃是否会遵守约定。既然是所谓“男人的约定”，应该是一锤定音的。

不过，一想到他俩要走，心里反而突然有些感伤。

等柳刃找到下个去处再赶他们走也不迟吧？想着想着，良太又备感这实在是不可多得的良机。

良太犹犹豫豫的时候，已经坐上了从吉祥寺回家的电车。下车步行的路上也一直在考虑，然而直到进了公寓，都还没想出个所以然来。

一进屋，只见火野来了，正架着望远镜往外看。

柳刃正一边做俯卧撑，一边看电视上的新闻。

本想至少先告诉他们自己去面试了，但早上才跟人家说是公司访问，现在一下子实在不好开口。

有可能人家要问，你为什么说谎？还是等之后找一天穿西装出去逛一圈，然后再告诉他们自己被录用了比较好。虽然有些拖沓，但良太还是姑且确定了方针，于是稍感释然。

良太脱了西装换上便装。

难得找到工作，今天应该自己出去小酌一杯。去哪儿喝好呢？正琢磨着，捧着望远镜的火野“啧”地咂了舌头。

“不好！警察来了。”

“又来了。看来是察觉出我们就在这附近了。”柳刃说。

火野放下望远镜。

“他们进公寓了，马上就要上门了。”

“喂，交给你了。”柳刃吩咐道。

良太磨磨蹭蹭地起身。

要是警察闯进来了，会怎么样呢？

万一被柳刃他们害得丢掉了 Hot Energy 的内定怎么办？想到这儿，良太的眼前顿时发黑。

“就装不在家吧？”

“查查电表就知道肯定有人，只会招致更大的怀疑。”

过了一会儿，门铃声响起。

良太蹑手蹑脚地趴到猫眼一看，门口是两位身穿警服的警官。这两个人非常面熟，正是去年来的那两位。

“若水先生，我们是警察，请问您现在方便吗？”

“啊，好。”良太开了门。

“抱歉又叨扰您。您从上次以来有发现过异样情况吗？”

“我们收到情报，说这附近有可疑人物出没。”

良太答说没发现任何异常。两人却还不走。

“那能否麻烦您，把这张表填一下？”

警察递来一张名目叫“巡逻联络卡”的文件。

文件上有地址、姓名、年龄、职业或学校名、家族成员、有无车辆等项目。就算是警察，把自己的个人信息全暴露出来也让人很不愉快，但终究又不能拒绝。

在门口台子上填表的工夫，只见柳刃和火野满脸紧张地贴着墙根儿站着。一想到警察闯进门之后要出的麻烦，良太就止不住地走神儿。

良太填完表格上交，两个警察这才转身离去。

良太深深长舒一口气，回到了厅里。

“费了不少工夫啊。”柳刃说。

火野则是满脸严肃。

“那种卡片填不填是自愿的，你大可以拒绝。”

“那怎么拒绝啊，人家怀疑怎么办？”

良太顶了句嘴，往地上一瘫。

本想寻找良辰吉日再告诉他们，可总遭这种罪，良太实在受够了。他深吸一口气，抬头朝柳刃说道：“其实，我今天找到工作了。”

“哦？”柳刃面无表情。

“你不是说去公司访问吗？”

“呃，本来是这样，但当场就把我录用了。”良太随口圆谎。

“什么公司？”

良太便把公司的氛围和社长那些话一五一十道来。

“呵呵。”柳刃嗤笑。

“这是典型的黑企。”

“才不是呢。人家马上都要上市了……”

“跟你一个学生谈这些才可疑。漂亮的接待员也好，只有门口豪华、里面简陋不堪的公司也好，都是彻头彻尾的面子工程。”

“但总裁办公室可是又大又豪华啊。”

“他办公室跟整个办公区那么大，正说明他开公司多么以自我为中心，多么自私自利。什么高尔夫奖杯、演员运动员合照，那都是虚的，他丝毫不会考虑员工的利益。”

“更何况啊，”火野说道，“招的是设计人员，却让你干销售，岂不怪哉？”

“那种公司的推销员都是榨干就扔，是人都能干。所以能完成销售额就可以继续工作，完不成立马让你走人。柱状图和乱洒鸡血的标语，都是在威胁员工，完不成额度就等着被炒。”

“可……可是人家社长说了是自寻主顾的寄托制推销，平常要面试四次，这次特殊为我……”

“我说过吧，让你别只看表面。空口无凭，说得天花乱坠也不能信。”

“您一个混黑社会的，懂公司的事情吗？”

“为啥不懂？我干的就是找快完蛋的公司催债的活儿。”

柳刃说的都是实在话，但也可能只是不想走人从人家 Hot Energy 身上鸡蛋里挑骨头。想到这儿，良太不禁怒从中来。

“那又怎么样？反正我拿到内定了。”

“你要是愿意，我也没话说。”

“那我就不能客气了。烦您二位就按说好的……”

“既然拿了内定总该有录用通知，拿来我看。”

“这……这怎么给您看啊？是口头录用。”

“那你去要。办入社手续签雇佣合同的时候也必须得有它。你该不会只有个口头约定就为人卖命吧？”

“我是没拿着通知，但我真拿到内定了。”

“我说让你拿证据来。”

“您不相信我是吧？”

“我刚说过，嘴上的话，那是随人家说的。我跟你说的也是让你把拿到内定的证据拿来。只要有录用通知，我立马就走。”

良太叹了口气。

“明白了。我立刻让他们送来。”

“你个忘恩负义的东西。”火野骂道，“就这么想赶走你的救命恩人啊？”

“别说废话。我和他说好了的。”柳刃拦住他。

火野一脸不快。

“大哥，我今天先走了。”

说完，他便起身离去。

到了晚上，良太并没有出门。

面试完毕回家那阵子还想是不是上哪儿喝一杯乐呵一下，现在却十分扫兴。好好的 Hot Energy 被柳刃一口咬定说是黑企，庆祝的心情也一下子烟消云散。

事到如今，良太才开始上网搜索 Hot Energy 的风评。

找来找去，就是找不到有用的信息。虽然没找到恶评让人松了口气，但眼看着要上市的公司连起码的消息都没几条，确实令人生疑。良太被不安驱使，给管人事的粕谷发去了一条要求对方送来录用通知的邮件。

如今随时都会被扫地出门的柳刃一如平日做了饭。良太只帮忙煮了面条，但柳刃却还是挑东挑西。

比如煮意面加盐更好吃，但在汤里加酱汁调味的话不放盐也可以；意面下水时要呈放射状，迅速搅拌；计算好酱汁入味的时间，提前一分钟捞面……尽是些琐碎的事情。

其中最出人意料的，是面汤的各种活用。

面汤加酱汁会更鲜美，而加入以油做底的酱以后，油会和水相融，口感更柔滑。用剩下的汤刷碗，比加清洁剂都好使。

今天的晚饭是肉末番茄、生菜蘸酱和怪味豆腐。

曾经在全国连锁的意面店吃过肉末番茄，跟这盘简直是云泥之别。满载着帕尔米贾尼诺奶酪的肉末番茄油腻味浓，和加了咸酱汁的有嚼头的（al dente）意面完美搭配。

“面用的是得科牌（De Cecco）的，稍微粗一点儿。在意大利当地一般都用手打的细长面条（tagliatelle）和宽面条（fettuccine），但我还是喜欢普通的通心粉（pasta）。”

酱汁的底料有碎的瘦牛肉、圆葱泥、蒜泥、打碎的西红柿、大片黑椒、橄榄油，然后加盐调味。到这里还没问题，但他又加了吃起来很辣爽的肉和一种不知名的蘑菇。

“这是一种意大利香肠（salsiccia pikante），简单说就是放了辣椒的香肠。蘑菇是意大利菜常用的牛肝菌（porcino）。酱汁里还加了菌菇汤料（porcino brodo）。”

“汤料？”

“就是意大利的肉汤。没有的话，加味素也行。”

“是不是不放这种香肠和肉汤，就做不出这个味道？”

“味道会不同。但只要有替代食材，就能做得差不多好吃。关键在于煮面的方法，以及要用橄榄油把碎肉炒好。刚变色就加葱和蒜，肉就做不出味道。碎肉要炒到肉上脂肪透明为止。”

碎切生菜蘸上酸味的酱，让吃过肉末番茄满是油腻的口腔顿时重获清爽。柳刃说这个酱是用煮开了的日本酒拌味醂，再加入轻口酱油、醋和昆布汁做成的。

“博多的烧烤店就是拿生菜蘸这个酱吃的。酱汁的调味各店虽然都有不同，但是只用酱油和醋就可以配出来。除了生菜，烧烤蘸酱也很好吃。”

怪味豆腐上洒满了色彩鲜艳的绿豆油，豆腐上撒有阳荷、黑胡椒和紫色似盐的东西。

良太拿勺舀起一口吃，感觉有种坚果的香味，同时又伴随着阳荷的清脆、盐的咸味、油脂的醇厚、黑胡椒的辛辣和豆腐本身圆润如奶酪般的味道，在舌头上扩散而去。

说起生吃豆腐的菜，良太以前就只知道凉拌。而今他被前所未有的美味所震撼，不禁问起柳刃做法来。

“首先豆腐要选味道浓厚的。这个豆腐既不是木棉豆腐也不是嫩豆腐，而是充填豆腐。充填豆腐不出水，所以大豆成分保留得很好。虽然苦味也随之去不掉，导致口感会有所下降，但只要用这种做法就不必在意了。阳荷是从夏到秋的应季食材，近来冬天也能买得到。盐是用喜马拉雅岩盐细磨而成，油用的是大麻籽油（hemp oil）。”

“我只认识豆腐和阳荷。”

“喜马拉雅岩盐源自三亿八千万年前，喜马拉雅山脉隆起从海水里带出来的、凝固的盐，属于盐的化石。”

“一想到现在在吃化石，就感觉真是不可思议。”

“这个盐因为岩浆的高温变成了紫色，其实还有其他颜色。盐里含硫黄，能闻出点儿特别的味道吧？”

“能。闻起来好像煮鸡蛋……”

“据说用喜马拉雅岩盐煮鸡蛋可以让二者味道相成，会十分美味。”

“这个大麻籽油的香味也很特殊。”

“Hemp，就是大麻植物，也就是大麻（marijuana）。”

“大……大麻？！”

“你怕什么？大麻籽油是从大麻种子里提取出来的油，种子里不含对精神起作用的大麻素，所以是合法的。一般人一听大麻就急了，其实就是植物而已。违法的只有叶子，种子都是被当作普通调味料在卖。打比方说，七味粉里有一味又圆又白的颗粒，那个就是大麻的果实。”

“原来那是大麻果啊……”

“对。不过已经加热过了，所以，种到地里也发不了芽。”

“我可不敢种。”

“大麻籽油富含预防衰老的必需脂肪酸。听说在被誉为世界级长寿村的中国巴马[1]就不存在嗜睡和痴呆的老人，据说他们长寿的秘诀就在于每天都吃大麻籽油。”

“都说豆腐对身体好。净是些好东西啊。”

“喜马拉雅岩盐富含矿物质，其中也有抗氧化、预防衰老的作用。毕竟是三亿八千万年前的地球产出来的东西，可以确定是无公害食品。”

柳刃就着饭菜喝红酒，话也多了起来。

良太也喝了不少红酒，酒劲儿上头，不禁悲从中来。一起吃饭其实很开心，可平常就是说不出口。

“其实，我真不是想把您和火野给赶走。我只是……”

“别说了。没事。”说着，柳刃举起杯子。

“但别忘了，一定得拿到录用通知啊。”

---

1 巴马：位于中国广西壮族自治区西北部巴马瑶族自治县，是中国长寿之乡，空气中负离子含量每立方厘米在2000个至5000个，被称为“天然氧吧”。

第七章

饮食改变性格

一月已进入下旬，天气依旧寒冷。

温度已经到了低血压人士难以忍受的地步，但良太却不似往年那般痛苦，看来是体重增加的缘故。

从面试到现在已经一星期了，Hot Energy 还是没有发录用通知过来。

于是柳刃依旧住得安稳。认识他和火野是在去年十二月中旬，到现在已经过了一个多月了。

虽说黑社会赖在家里不走，但每天有人做饭，还能学到不少东西，一想起再也见不到他们，心里还有点儿舍不得。不过良太还是想要属于自己的时间，这样的日子毕竟也不能长久过下去。

本想可以拿到内定为契机让他俩走人，结果拜 Hot Energy 所赐，计划被迫延期了。

在那之后良太曾经发过一次邮件催促，却还是没有回音。再这么磨蹭下去就没完没了了，所以良太昨天给管人事的那个粕谷打了电话。但接电话的是个女的，说粕谷出差了。

良太跟电话里的女人说希望能寄来录用通知。

“等粕谷回来由他来处理，还请您再稍等一段时间。”

“先别说他处理，你们总裁热海已经说了要录用我了啊。”

“很抱歉，热海现在正在休假……”

谈得愈发不耐烦，良太便挂了电话。

昨天从下午开始良太一直在学校待着，不过周围人都拿完了学分，在课上熙攘吵闹，搞得连个盹儿都没打成。其实教授和讲师们也没什么兴致，一副走过场的神态，叫学生翻来覆去地自习。

放学后，良太和几位老面孔一起到学校附近的 Denny's[1] 喝咖啡。

春菜说她之前面试过的那家出版社还没给回信。

“我估计没戏了，所以昨天还去就业指导室来着。”春菜满脸疲惫地说道。

“不聘就不聘，干脆点儿多好。”

“花这么多时间，起码说明人家还肯考虑。”洋介说。

信也前几天还在为找不到出路而发愁，也是满脸铁青。

“找工作可真难。我是没这能耐啦。”

“你本来也没找工作的心思，现在怎么又提起这茬儿了？”春

1 Denny's：美国著名连锁餐饮品牌。

菜说道。

“莫非……”洋介说，“你打算求职脱处？”

“最好是能先本人脱处啦。”

“哪来那么大劲头啊？天这么冷，出被窝都难。”

突然短信提示音响起，良太抓起手机。一看发送者是 Hot Energy，良太急忙打开邮件，一看下去，竟令人愕然。

若水良太先生：

我是 Hot Energy 株式会社的人事管理粕谷。

非常感谢您此前不辞辛苦前来参加面试。

敝公司因去年业绩优异开展过招聘活动，现因突发事态导致经营状况急转直下。因此十分遗憾，本次聘用只能取消，请您理解。衷心祝愿若水先生前途似锦。

邮件的内容过于出乎意料，良太整个人都傻了。这时信也偷瞄了一眼过来。

“哇……真惨啊。”

“什么惨啊？在聊天软件上被拉黑了？”春菜问道。

信也猛摇头。

“岂止如此。”

“那就是被报复晒了裸照。”洋介猜测道。

信也又摇摇头。

“差不多那么惨，不过种类还不一样。”

“你们瞎说什么呢！”良太怒吼。

良太本来打算先不告诉他俩自己被Hot Energy录用的事情，但到这地步也没什么好隐瞒的了。良太把之前的经历一五一十讲了一遍。

“什么‘前程似锦’啊，纯粹是笑话。”

“你可真惨。”洋介也附和道。

“这都可以起诉他们了。上法院，要求他们赔偿损失吧。”

“但那只是口头约定呀，也没有录用通知，社长不认账的话，不就没辙了？”春菜说。

良太一声叹息。

“无所谓了，破公司。”

“话说回来，你为什么不告诉我和洋介啊？”

“他想给你们惊喜啊。”信也说。

春菜从挎包里掏出一张招聘函复印件。

“刚才我在就业指导室发现的。要不你试试这家？”

良太瞥了一眼招聘函，招聘工种是杂志编辑，然而资本金是区区三百万日元，社员更是只有三个人。

“这不就是个工作室吗？小作坊似的。”

“你就拿着吧。还上哪儿找欢迎无工作经验人士的地方？”

春菜强塞过来，良太无奈把它塞到屁股口袋里，可现在哪有心情想什么下次面试呢？满脑子都是被取消录用造成的打击。

其实良太本来也没多想在 Hot Energy 工作。

毕竟被柳刃当头棒喝有些不爽。但更难过的，是一切努力付之东流带来的失落感。不仅没法赶走柳刃他们，更因从那次面试以后就放弃了求职，浪费了大量的时间。

愤怒和失望交织，良太连说话的力气都没了，往桌子上一趴。

“也犯不上这么糟心吧？”信也有气无力地说道。

“不过，我也感觉有点儿烦了。”

“喝两杯热闹一下吧？偶尔也让我请一次客。”洋介说。

“嗯……”春菜若有所思。

“总让现王掏腰包可不好。对啦，去你家好不好？这种时候，最应该听听叔叔的意见啦。”

洋介对柳刃一肚子怀疑，春菜也不好说是不是这样，到家来说些多余的话反而添乱。但良太现在实在没心思守着这些顾虑了。

要是自己灰溜溜地回家，说没被录取，柳刃肯定会摆出一副料事如神的嘴脸。既然因为没拿到录用通知致使他还要住下去，那给他添点儿麻烦也是应该的。

良太抬起头来。

“没问题，来吧。大家热闹热闹，我也能舒心点儿。”

带着一行人到家时已经六点多了。

很明显良太就是瞄着晚饭时间回来的，但柳刃却毫不介意，仍然完美扮演着一个好叔叔的角色。

春菜立马就提起了 Hot Energy 的事情。

“他们自作主张取消录用，搞得良太现在特别失落。”

“口头录用算不了数。不给录用通知本身就是黑企的明显特征。”

“为什么黑企不给录用通知呢？”春菜问道。

“他们不愿意留下任何能成为证据的东西。万一打官司会陷入不利。《劳动基准法》已经规定，确立雇佣关系后按惯例应该对劳动者以书面形式明确告知其薪酬和劳动时间。但黑企里有一大部分员工压根就没有雇佣合同和劳动条件通知书。”

“雇佣合同和劳动条件通知书有什么区别呢？”

“雇佣合同需要劳资双方共同签署，确认合同内容。劳动条件通知书是公司对待遇的单方面告知。”

“那还是雇佣合同更合适啦。”

“对。如果没有这两个，所谓雇佣条件就是画饼而已。”

“就是说跟实际待遇会不同吧？比如薪水低，没有加班费什么的。”

“没错。即使是微型企业，也要发正式的书面录用通知和雇佣合同。用口头约定做录用的公司是干不长久的。对方肯取消内定，都应该偷着乐了。”

“我也这么觉得！”春菜大表赞同，“但公司的答复太过分了，您看他那么消沉……”

“我已经没事儿了。信也才消沉呢。”

“我消沉个什么劲儿啊？”

“你不是对未来心里没底吗？对不对啊？”

“倒不能说没有……”信也应付道，“主要是浑身乏力，干什么都提不起劲来啊。”

“都是因为你散漫惯了。在家的时候整天看动画、看漫画、玩游戏。这还能不累？来，看我给你表演一个。”

洋介撸起袖子，挤出肌肉疙瘩。

“哎哟哟，”春菜评价道，“别看人瘦，还挺有料。”

“用不用我给你介绍一下我常去的健身房？时不时也运动一下吧。”

“我就是运动了才没劲儿的。”

“看来得靠食补了。”

柳刃插了进来。

“要多吃补气的东西，才能长精神。”

“信也基本只吃些垃圾食品。”良太说道。

“没错没错，”洋介也附和着说，“那些东西里只有碳水化合物、盐和脂肪。你就坐等三高吧。”

“我有什么办法，又不会做饭。”

“学一学嘛，让叔叔教你啊。”春菜说道。

柳刃一笑，站起身。

“听着有点儿像在催我啊。做点儿什么吧。”

这天晚上，柳刃做了鸡肉火锅和纳豆山芋拌秋葵。

火锅底汤味咸，还加有大蒜。下的菜有带骨鸡肉、鸡肉丸、大量韭菜、圆葱、剁椒，配着汤和柚子胡椒一起吃。

带骨鸡肉嚼劲十足，还有种特别的鲜香。鸡肉丸里有软骨和紫苏，既保证了嚼劲，又有了紫苏的清香，是十足的绝配。

下锅焯过的韭菜吃起来咔嚓咔嚓的，泛出微微的甜香。鲜绿色的柚子胡椒的辣味，将肉类食材的味道进一步发挥出来。混有圆葱的白色汤底味道十分浓厚，喝一口就觉得浑身发烫，满面红光。

柳刃不让别人帮忙，却单叫信也进了厨房，所以其他人都不知道做法。信也刚才还一脸阴霾，现在却大嚼起来。

“叔叔可教了我不少。这下搞不好真能转运。”

“都教你什么了？”良太问道。

“就是吃了能来劲儿的东西啊。大蒜啊、韭菜啊、圆葱啊什么的。呃……还有荤酒什么来着……”

“是‘不许荤酒入山门’。一般寺庙门口都有雕刻着‘不许荤酒入山门’的石碑。意思就是身携荤酒之辈不准入寺。”

“寺庙禁酒我们都知道，荤是怎么讲？”

“寺庙对菜有五荤，又称五辛的忌讳。荤是味道大，辛是辛辣，也就是说，禁止吃某五种蔬菜的意思。五荤具体内容说法不一，一般认为是大蒜、韭菜、葱、生姜和辣薤这五种。如果把圆葱也算到葱类里的话，这顿火锅除了辣薤可以说是五荤俱全了。”

“为什么不能吃这些呢？”

“因为吃了五荤会让人食欲和精力大增，妨碍修行。没精神的时候，吃些五荤下酒，就可以精力旺盛起来。”

“吃些五荤就能这么厉害？”

“嗯。饮食可以改变人的性格。那些新兴宗教禁止吃肉，意图就在于让信徒更容易受暗示影响。一个人光吃些没有营养的东西会变得虚弱无力，精神涣散，自然容易受人摆布。”

“这说的不就是你嘛。”洋介取笑着信也。

“但我并不太听别人的话啊。”

“就是因为你缺乏营养，才会变得偏执。比如说你不摄取糖分，那你的大脑就肯定要变得迟钝，因为大脑的能量来源就是葡萄糖。当然糖分摄入过度反而会造成脑动力下降。”

“好可怕。看来吃什么真得认真考虑。”

“减肥的时候限制糖分摄入也很危险。再怎么苗条，变蠢了就没有意义啦。”春菜补充道。

“那大蒜里都有哪些营养呢？”

“大蒜的味道源于蒜素，它有很强的杀菌作用。加之其与维生素 B_1 的结合，可以保护皮肤和黏膜，促进碳水化合物的新陈代谢。大蒜中的主要成分硫甙有促进发育和缓解疲劳的效果。”

“刚才叔叔在厨房教我该怎么吃大蒜啦。锡纸烤蒜什么的，还有更简单的做法……”信也滔滔不绝地说着。

“具体怎么做啊？”洋介问道。

“锡纸烤蒜，就是把剥好的蒜抹上麻油和盐，然后装进锡纸碗里，用平底锅开锅烤。等到麻油煮开、大蒜热气腾腾的时候，就大功告成了。另一种做法，是剥好大蒜以后裹在保鲜膜里，然后拿到微波炉里热一下就好。还可以随便蘸些黄油啊、盐啊、酱油啊、味噌之类来吃，是不是很简单？”

“因为好吃，所以不小心容易吃多。量上要注意。”柳刃如是说。

“大蒜有消解蛋白质的作用，单吃太多会伤害胃黏膜。最好是跟肉类一起吃。”

“所以大蒜才跟肉菜搭配呀。”春菜恍然大悟，“那么，大蒜还有其他可以提气的吃法吗？”

“比较有名的是配鳖吃。这个火锅的汤就是从大分的安心院弄来的鳖汤稀释以后做出来的。”

“鳖汤？我还是第一次吃鳖……”

“鳖里富含胶原蛋白和能够减少胆固醇的不饱和脂肪酸，而且含有大量氨基酸和维生素，非常适合祛除疲劳和美容。”

“有很多女性营养品里都用鳖呢。不过鳖太贵了，这种火锅我可吃不起呀。”

“鳖汤可以等到兜里宽裕了，又或者是特别累的时候偶尔吃一次。平常就吃锅里下的这些东西，很好吃，也很有营养。”

“汤底是用鸡熬出来的吗？”

“平常用鸡骨做汤比较好喝，不过这次时间比较紧，就用从市场买的鸡骨汤宝和昆布汁做底，配上带骨鸡肉做出来了。煮的同时，汤自然就从骨头里熬出来了。事先用盐和酒把鸡肉腌过，可以让鸡肉变得更滑嫩。要等热水开锅再把鸡肉下锅。”

“啊，原来不是用水煲出汁。我妈一直告诉我，做火锅之前要先把能出汁的东西下锅。”

“加水容易出汁，但与之相对，肉也会变柴。我事先煮过了圆葱，这样方便溶进汤里。此外我还往生姜榨的汁里添了一点儿日本酒，然后加了不少蒜泥。觉得麻烦的话，也可以只准备鸡骨汤和蒜泥。没有鸡骨汤，也可以用味霸代替。”

“味霸是什么？”

春菜不明所以，良太便给她讲解了一番。信也拿筷子在小钵里搅着，问道：“这个真黏啊。纳豆、山芋、秋葵、鹌鹑蛋，还有这个长得像海菜的……”

“那个叫和布芜，是用海菜根风干做成的。”

“除了鹌鹑蛋以外都是黏糊糊的。听说吃黏食有益健康呢。”春菜说道。

柳刃点点头。

“纳豆富含优质蛋白质和有溶栓作用的纳豆激酶。不过一旦加热超过 70 摄氏度，纳豆激酶就会失效。”

“那还是生着吃好啊。”洋介说。

“山芋早年还曾经被称作‘山鳗鱼’呢。”

“没错。干山芋，就是所谓的山药，在中药里有强壮的功效，在井原西鹤的《好色一代男》里，主人公世之介往女人岛去的时候就装了一船的山芋。”

“女人岛……”信也嘀咕着。

“让你一说就变味了。”春菜一脸厌恶。

“那秋葵和和布芜都有什么效果呢？”

“秋葵富含食物纤维，从中可以摄取胡萝卜素和维生素，适合预防糖尿病和减肥。和布芜里含有能抑制癌细胞的褐藻糖胶，可以预防高血压、高胆固醇和过敏。它也含有食物纤维，据说对消除便秘和抑制体臭也有效果。”

“都是些能博得女性欢迎的功效嘛。”

“鹌鹑蛋传说是中国皇帝为满足后宫佳丽而吃的补品，有强身的功效。不过，凡是蛋类，即使是普通的鸡蛋，也是富含除了维生素C和食物纤维以外几乎所有营养物质的完美食品。”

可能是受了柳刃这番话的影响，良太拌好小钵里的食材尝了几口，顿时感觉体力颇有增强。做法朴素，使得食材的味道更加天然。配着火锅吃很对口，下饭应该也很合适。

锅底最后被用来煮了面饼，撒过胡椒粉和葱丝，大家一起分食了。味道鲜美无比，以至于所有人直到吃完饭都一声不吭。

待众人散去，良太向柳刃道了谢。

柳刃专门为没精打采的信也做了营养丰富的大餐，这让良太十分感激。但柳刃却盯着窗外，头也不回。

“别想多了。我是为避免暴露，讨好这帮毛头崽子罢了。”

“‘毛头崽子’这叫法太不雅了，那都是我的朋友啊。”

“你不也是个毛头崽子吗？你要是听不惯，就趁早把内定拿了。”

良太哑口无言，噘起了嘴。

虽然到现在也没法从惨遭 Hot Energy 取消录用的打击中恢复过来，但总这么消沉下去也不是个事儿。

良太重新振作，上网找求职网站，突然想起春菜给自己的那张招聘函。她说得对呀，这年头还上哪儿找“欢迎无经验人士”的文案岗啊！

良太又拿起单子仔细端详了一遍，原来上面是个叫 AD tasty 的有限责任公司，虽然是微型企业，但待遇不差。事务所设在新宿，离家还挺近。应聘方法也很简单，只需要打电话约好以后拿着简历过去就行。

现在还没到晚上九点，应该可以打电话约一下吧？要是不行，明天再打一遍也无妨。于是良太拿起手机输入 AD tasty 的号码，一拨就通了。

良太说明了来意，电话对面传来快活的男声。

“那好，你就明天五点来吧。”

瞬间就确定了面试时间。

柳刃也应该听到这通交谈了，但他却一言不发。看他一副料定自己肯定录不上的嘴脸，良太怒从心生。

“我明天要去面试。”

“看来，你已经到慌不择食的份儿上了。”

“并不是。我对工种的要求坚守不变。”

“这就算坚守啊？”

“您是想说我太嫩是吧？但是，我也在以自己的方式努力着。”

“你努力什么了？别拿你那点儿小算计去衡量工作。公司要的是结果，不是过程和什么‘我很努力’。”

“这点儿事我也懂。凭我的学历，根本去不了那些大企业甚至中小型企业。所以我才妥协去微型企业。”

“妥协？你别眼高手低了。”

柳刃狠瞪一眼。

“我哪儿眼高手低了？我可是非常认真的。”

“你自己这么觉得而已。”

“我是我，凡事当然要有自己的评判标准。”

“这可不是。你根本不喜欢学习，却考了大学。然后现在你根本不喜欢工作，却开始找起工作来。装出一副自有考量的样子，其实就是随波逐流而已。”

“那又怎样？这年头，谁找工作都不容易。”

“你自己没能耐还怪到社会头上？”

“何必说这么狠呢？我虽然是笨，也不够努力，可我好歹也在为将来能自食其力用心思考。”

“你没有什么将来。”

“什……”

“‘明天’这一天永远不会到来，你也是，既没有将来，也不会有未来。‘明天’来了，会变成‘今天’。‘今天’里有的，只有当下。”

“所以呢，您什么意思？”

“你必须改变，你要改变当下。”

“什么改变当下……现在这情况，我怎么改变？”

“你又要找别人的毛病吗？过分天真。”

“您怎么回事儿啊？！赖在我家不走，还成天说教……”

良太冲动之下脱口而出，可话到一半，又怕激怒柳刃，害怕起来。

每天低头不见抬头见的，都快忘了，人家可是穷凶极恶的黑社会。不小心真惹火了他，自己恐怕要遭遇不测。

但柳刃却默默转身，又盯着窗外不动了。

看来性命无忧，良太松了口气，但心里的愤懑之情还无法消散。良太给信也发了条短信，问可不可以去他家住，得到了肯定的答案。

AD tasty 想来是个很水的公司，穿便服面试应该不成问题，不过还是穿西装稳妥些。

良太把西装和白衬衫都装到波士顿包里，另备了一个装有作品的公文包。住信也家很麻烦，良太本还有些犹豫，但一看柳刃那副云淡风轻的德行，心里的火不由得直往上涌。

良太两手各扯着包，狠跺着脚出门而去。

第八章

挨揍的夜晚来一碗韩式乌冬

第二天，良太逃了学校的课，在信也家一直消磨时间到傍晚。

信也肯奉陪倒好，可惜他似乎被柳刃所感染，从超市买了成堆的大蒜，午饭就拿些锡纸烤蒜代替，真是让人受不了。

人家都说了要认真写简历，他可倒好，在旁边大嚼热气腾腾的大蒜下饭吃。

“这个可好吃了，你快尝尝。”

“我马上要去面试了。”

“亏你能这么一次次地去面试啊。你怎么了，突然这么有劲头？”

当然是为了把你最爱的叔叔赶走啊。良太忍着这句话没说出口。

“这个时节不好好找工作，还天天吊儿郎当的才有毛病吧。”

“倒也是。是我有毛病。”

“咕呼咕呼。”信也诡异地笑着。

“你倒是满面春风的啊。昨天还一副死人样呢。”

“我也不知道为什么。吃蒜吃的吧？”

昨晚来投宿的时候，信也可能是在良太家吃火锅吃得太饱，到家已经昏昏欲睡，结果今天早上却起得特别早，还在只有三个粉丝的 Twitter 上发了条新消息。这三个粉丝是谁自不必多说了。

信也翻烤着锡纸烤蒜，发出满口蒜臭问道："昨天晚上我也问你来着，你是跟叔叔吵架了吗？"

"没有。"

"是不是我们去玩，不太方便啊？"

"没这码事。"

"洋介也说，叔叔那个时间在家很奇怪，就算是一流企业，下班也应该比那会儿更晚才对什么的。"

"昨天他休息。烹饪企业的人，有不定期休息的。"

"这样，那就好。"

昨晚洋介虽然什么都没说，但他果然还是很关注柳刃。

为了避免遭到进一步诘问，就必须让他们尽快走人。所以今天非要通过面试，拿到内定不可。

离开信也家时天还是阴着，到了新宿就开始下雨了。

良太撑开在便利店买的塑料伞，走进了小吃街。这里是新宿三丁目一处杂乱无章的角落，路并不太好找。

绕了好多弯路，总算到了目的地。

AD tasty 不在写字楼，而是坐落在一栋老公寓的单间里。

既没有自己家那般熟悉的自动门锁，电梯也只有一部。公司的门和普通单元楼住宅的门别无二致，只多贴了一张写着公司名的纸。

这公司靠谱吗？良太心里犯嘀咕，按了门铃。

应门的是一个年龄不到三十岁的男子。

“您好，我是来面试的，我叫若水……”

良太还没说完，满头乱发、一身工装的男子便微笑着说：“你好，请进。啊，我们这里禁止穿鞋进门。”

良太无奈脱鞋，在心里却抱怨着，好半天才进到屋里。室内书本文件和纸箱子堆得到处都是。

拿普通住宅当办公室反映出不少问题。办公桌和打印机分配不均，榻榻米上铺着地垫。

被带到会客室的良太坐在懒人沙发上等候。沙发应该是会客用的，总共有两个，分开摆放着。屋里没有桌子，而是用一个四角收纳箱代替。

“不好意思啊，连杯茶都没有。这会儿太忙了。”

工装男说着回到办公桌，飞快地敲打起键盘来。

旁边另一张办公桌前正有一位年龄二十多岁的发福男子，但他头都不抬，只顾着滑动鼠标。

突然，耳边传来厕所冲水声。

“我说，米田！”

尖厉的女声让那个胖乎乎的家伙一激灵，急忙回头。这一颤不要紧，桌上的文件噼里啪啦撒了一地。

“我告诉过你上大号要边冲水边上吧。排气扇都坏了，现在臭得要命。”

“对不起！”发福男挠挠头，收拾起撒了一地的文件。

良太心说，这是跟什么人道歉呢？只见一位身材瘦削、脸上架着黑框眼镜的女子进了屋。女子目测三十多岁，素面朝天，一头长发束在脑后。

她好一会儿才看到良太，说道：“哦，你就是那个面试的吧？”

女子冷冷说着，坐到了对面的沙发上。她递过来一张名片，上面印着“AD tasty 经理辛岛由季”。

辛岛跷起腿，点上一支烟，看了一眼良太的简历。

“就冲你写的这些玩意儿，我看你是干不了文案了。”

“啊？”

“兴趣：读书，电影欣赏。这都什么跟什么啊。你到底想不想干？”

“那……那……那我怎么写啊？”

“这有什么好问的？你想做文案对吧？这么大块地方够你写，当然要写那些能展现自己水准的东西啊。”

辛岛冷冷地说着，往收纳箱上的烟灰缸里弹了弹烟灰。

这已经超出压迫式面试的级别了，良太不禁怒火中烧。

“除了简历以外，我还带了作品过来。”

良太从公文包里抽出自制的广告。

本以为辛岛起码要拿去看看，结果却是抬手给退了回来。

“同学，你不适合我们这行。”

“为什么啊？”

“就冲你连这点儿自知之明都没有，便知道你缺乏学习。学校成绩倒无所谓，好歹事先预习好自己想干的工作是怎么回事吧。”

“可……可是那招聘单子上写的可是欢迎无经验人士……”

“欢迎无经验人士，意思是可以是个菜鸟，不是说连基础能力都不需要。起码也得有点上进心……”

“这个我有！”

“那你刚才为什么不帮米田？”

辛岛用下巴指指那边的胖子。

“刚才文件撒一地你也看见了吧？客人倒无所谓，但既然是想以后在这里工作的人，怎么也该动动手吧？也是，我们这破公司，谅你也没那份心。”

“不是……”良太咕哝着。

“说得可能狠点儿，同学，你压根儿就不喜欢设计和写东西吧？光看你这个不成体统的‘作品’就知道。就算有兴趣，一旦当作工作，也会遇到许多挫折，更别说我们这份工作了，这根本不是连兴趣都没有的人能干得下去的。”

辛岛把烟摁进烟灰缸里，说了句抱歉，就起身走了。

傍晚开始下雨，到了晚上直接成了冰雨。

良太撑着一把小破伞，肩头露在外面，被刺骨的冰雨打得湿透，所幸现在酩酊大醉，并不觉得太冷。

“什么‘不适合干这行’啊。放屁！”

良太口中骂骂咧咧地走在歌舞伎町里。

本来打算面试结束就回家，可被辛岛劈头盖脸狠批了一顿之后想法就变了。辛岛说得很毒，但句句都戳到心坎儿里。

确实，良太既不喜欢设计，也不喜欢写东西。进了文学部学习，姑且算是不讨厌，但也没有多认真去学过。心里定的主意是想进文创行业，但具体干什么其实还没谱儿。

大学前两年，只顾着完成作业拿学分，其他的一概没考虑。大三了看别人都一窝蜂去找工作了，自己心里开始有些打鼓，但一开始也只想找些简单的差事。

大企业自不必说，中小企业也不要，心里终于发慌，以至于落到今日这地步。自以为迄今为止都在以自己的方式努力，所以没人要肯定是公司和社会的问题。

其实，从考上这所野鸡大学的那一刻起，就知道以后肯定不好找工作。即便如此也不认真准备，这完全是自己的责任。

“这可不是。你根本不喜欢学习，却考了大学。然后现在，你根本不喜欢工作，却开始找起工作来。装出一副自有考量的样子，其实就是随波逐流而已。”

柳刃的话在脑海里回荡。良太陷入一层又一层的自我厌恶当中。

不喝两杯简直扛不住。于是良太到东口附近的街边摊大喝一通。心里也知道问题都在自己身上，但无从宣泄的愤怒让他毫无食欲。他一口菜没吃，灌了几罐烧酒，找了个小馆又续了一摊。

差不多到末班车的时间了，但良太却不想回家。他不想让柳刃知道自己这次面试又惨遭当场拒绝。

摇摇晃晃着不知不觉地在歌舞伎町走着，却找不到去处。平常这里到深夜也热闹非凡，今天下着冰雨，街上人影稀稀落落。

路过唐吉诃德[1]，在歌舞伎町晃悠了一阵，眼前已是风林会馆。差不多该回车站了。正想着，迎面走来了两个男子。

---

1 唐吉诃德：日本最大型的连锁便利店和折扣店。

一个是金色短发，另一个戴着编织帽。两人都穿着画有十字、写满英文的衬衫，十足痞子范儿，在冰雨里连伞都不打，看起来十分异样。

良太察觉到对方在看自己，便把伞往前倾，快步走起来。

“哎哎，哥们儿，过来过来。”

金发男直勾勾地一叫，让良太浑身一哆嗦。

“大晚上的，这是要去哪儿啊？”

良太装听不见往前走，却被“编织帽”一把拦住。这两人看起来都比自己岁数小，可都是又高又壮。

“嘿，怎么回事啊？你不理不睬的。我问你去哪儿没听见是吧？”

“……回……我要回家……”

“好家伙，一开口就不带敬语？嗨，无所谓了，我们一起喝两杯？”

“不行，我要回家。”

“那借点儿钱花花？”金发男说道，“电车钱打钢珠了，现在兜里都空啦。”

“我也没钱啊。”

“你没钱跑歌舞伎町来，拿我们开玩笑是吧？”

“对不起，我赶时间。”

良太想强挤过去，手里的塑料伞却被金发男一把扯过来摔在地上，然后被“编织帽”踩了个稀烂。

“你们干什么？！”

良太忍不住大叫，却被金发男一把拽住胸口。

“哥们儿，赏个脸过来！”

“来来，这边走，这边走啊。”

“编织帽”从身后扯着良太的西服领子。两人就这么一前一后打算硬把良太扯进旁边小巷子里。良太被吓得瞬间酒醒。

“我不去！放开我！”

良太拼命挣扎，只听咔嚓一声，西服扯坏了。

见此情形，良太冒出一股劲，狠推了金发男胸口一把。

金发男登时变了脸。

“有种。我非宰了你小子不可！”

良太刚觉出大事不妙，脸上已经挨了一拳，只感觉两眼金星直冒，疼痛从鼻子里往外蹿。他怕又要挨拳，立刻双手护脸，又被“编织帽”从身后踹倒。

良太晕晕乎乎跪倒在地的同时，又被金发男从前面狠踹一脚。

这一脚直达胸口，良太几乎窒息，四脚撑地，咳个不停。

紧接着他的腰又吃了一脚，整个人被踹得直滚，趴倒在地。沥青路上被冰雨打了个精湿，他的胳膊刚撑起来，就被金发男在背上蹬了个结结实实。

“把这小子绑了吧。”

“那就叫人开辆车来？”“编织帽”应声说道。

自己马上要被这两人给绑架了。想到这儿，良太顿时不寒而栗。就在他打算掏出所有现金的时候，路过的汽车按了个喇叭，两人稍微撤后两步。

良太拼命爬起来，跌跌撞撞地跑了。

平常运动不足，跑了没两步就岔气了，但恐惧压倒了疼痛。

两人死追了一阵，但跑到歌舞伎町交警站以后，终于不见踪影了。

回到著本公寓的时候已经凌晨一点多了。

良太勉强赶上了末班车，但他的脸被打肿，西装上下破破烂烂沾满了泥水，在乘客的视线下只觉得无地自容。醉意早已全无，身子重得跟石头似的。

良太一边疼得直喘一边爬上楼，费了九牛二虎之力，总算进了家门。

一进卧室，窗边的火野回头看了一眼。

“你怎么回事，弄成这副样子？”

“……没怎么。”

“眼眶都青了，让人揍了吧？”

良太不出声，瘫坐在地。火野微黑的脸上露出笑容。

“没办法。是个男人，都免不了遭这个罪。”

“柳刃先生怎么不在家？”

“出门了。”

他随便出门好吗？良太想想，也提不起心思问。他脱掉湿透了的衣服，换上了居家服，往地上一躺，正是一个“大”字。

“厨房还有大哥做的饭呢。吃不？”

良太先摇摇头，但从去信也家住开始就没吃上饭，早上睡了个稀里糊涂，中午又是什么锡纸烤蒜，所以到现在粒米未进。

本想一头睡下去，却越来越挨不住肚饿。良太想弄点儿吃的，一起身，顿时腰疼得受不住，一屁股蹾地上了。

“你看，还是饿了吧？”

良太含含糊糊地点头。

“别乱动了。我给你端来吧。”

火野进了厨房没一会儿，就传来一股酱油和味醂的香气，在室内蒸腾飘荡。平常总想着回归独居生活，今天却只觉得暖心。

过了一会儿，火野端来汤碗，上面热气腾腾。

碗里盛着乌冬面，面上铺着不熟悉的肉、成片的葱丝和胡椒粉。

“我开动了。”良太双手合十，突然察觉到，这已不知不觉成为自己的习惯。

端起碗来嘬一口面，空空如也的肚子立刻感受到了汤汁的温暖。昆布和鲣鱼的鲜香让汤汁格外鲜美，劲道的面条口感顺滑，过齿留香。

最惊人的是肉。肉有白有黑，前者表面粗糙，里面却滑嫩无比，咬一口，香脂四溢。后者是切好成方形，上面粘着胶状的脂肪，看起来很像肉筋，但火候很足，吃起来软得要化掉。肉入了甜辣味，和胡椒粉成了绝配。把火野一块拿来的 yagenbori 牌的七味粉往面上一撒，更添一分香辣。

“好吃吧？这个我让大哥做了很多次呢。”

“这个肉是怎么做的？”

“这个是炸油，那个是牛颊肉。炸油是把牛肠过油炸出来的，大阪有个面叫炸油乌冬，就是加了这个的面条。加牛颊肉的乌冬面据说在北九州很有名。”

“那这个就是把大阪名吃跟北九州名吃给混合了？”

“应该是吧。我都是跟大哥现学现卖，说不太清楚。”

良太吃肉嘬面，吃了个盆干碗净。被冰雨打湿的身体渐渐暖和起来，心中的阴霾也渐渐散去了。

“我吃饱了，”良太双手合十，“真好吃，吃完长了不少精神。”

“这就叫‘破涕为笑’吧。刚进屋那会儿，你还一副失魂落魄的样子呢。”

“是。我在歌舞伎町被流氓给暴打了一顿，拼了命才逃回来。”

“怕不怕？”

“怕。要是您在就好了。”

“别靠我，没出息。”

“是，我没出息。”

“你小子……”火野顿了一下，“有点儿变了啊！”

“您说变，是怎么个变法？”

“我说不太好啊，承认自己弱小很需要勇气的。”

“只不过是被人揍了，抱头鼠窜而已。”

“勇气不光是硬碰硬。再怎么有自信，毕竟人外有人。但凡有人招惹你就和他打，这种架一辈子也打不完。鸡毛蒜皮的事儿，就不去逞强硬扛，老老实实承认失败。虽说也有人觉得这样才是没出息吧。”

“这也算勇气吗？”

“人只有一条命，随便送命，就成了枉死。男人，就得该出手时才出手。”

“该出手时才出手，才是男人？”

“对对。这就是‘任侠’大道。”

“‘任侠’说的是黑社会的规矩吧？”

“黑社会里只知道捞钱的那些混球，哪称得上任侠？锄强扶弱，这才叫任侠。”

良太点点头。自己还谈不上所谓改头换面，但比之前确实少了些倔强和傲气。由此，感觉渐渐看到了一些此前不曾察觉到的东西。

“忘了是什么时候了，大哥曾经给我讲过，”火野喃喃自语道，“人世间最美味的饭，要努力拼搏才能吃得上。”

“努力拼搏？”

“食材、做法，这些都无所谓，拼了命去干好该干的活儿，这时候吃到的饭才是真香。”

“食材和做法无所谓，这可不像他的风格。”

“是吧？一说起吃，那叫一个啰唆。”

火野笑了笑，又突然把表情收紧。

“我知道给你添了挺多麻烦，再忍忍就过去了。”

“……您这是什么意思？”

“今天这一架情不得已，但你可别再搞出要警察出马的事情了。现在一切都在紧要关头。”

“紧要关头？这是说警察的搜查，还是山盛组……”

“都一样。不过，马上就做个了断了。”

“了断……”

“跟你小子没关系。我说的你可别告诉大哥啊。”

火野叮嘱完就住了嘴。

直到天亮，柳刃也没回来。

昨天累得不行，一进被窝就睡得死沉。早上起来对着镜一看，眼眶瘀青，浑身都疼。

应该是因为柳刃没回来，火野到现在都还在家待着。他望着窗外，表情凶恶更胜以往，跟他说话，也只随口哼哼两声。

窗外已无冰雨，漫天下的都是雪。

看了眼电视新闻，据说今晚天气十分恶劣。

身体恢复得差不多了，但火野跟自己说的话还是让人放心不下。万一出门遇到什么事情呢？想了想，决定还是不去学校了。

火野不跟自己聊，自己吃饭也提不起劲，干脆玩起电脑来。本想再看看求职网站，突然想起自己的西服已经在昨晚被那两个流氓扯坏了。一时又拿不出钱再买一套，看来只能找那些可以穿便装面试的地方了。

话又说回来，要是没有像样的作品，就是去面试也很可能无济于事。良太准备把作品重做，苦心思索内容，就是想不出好点子。上网看了看职业设计做参考，脑子却越来越乱，不知不觉天都黑了。

“柳刃先生还没回来啊。”

火野只是默默点点头。

“难道，他出了什么事……”

“别瞎操心。刚收到他的短信，一会儿就回来了。你怎么回事，不用上学啊？”

“不去了，天都快黑了。”

“成天旷课，你可别毕不了业。”

“没事，我差不多能拿够学分。”

火野不知为何一脸严肃，把视线转回窗外。火野这到底是什么意思呢？正琢磨着，电话突然响了。是信也打来的。

一接电话，就传来了信也兴高采烈的声音。

“小春拿到内定啦！所以马上要准备给她庆祝一下……”

地点说是定在学校旁边的酒馆。

昨天刚喝得烂醉，也不能顶着一脸瘀青见人，何况把火野自己留在家里也让人不放心。可是春菜拿到内定，无论如何也不能缺席。

良太急匆匆装扮好准备出门，而火野似乎也听了良太刚才的电话，说道：“那小丫头，拿到内定了啊？”

“是啊。”

“挺好。替我给她带个好。”

“明白。”

“你也加把劲儿，赶紧找个工作。”

良太点点头出了门，心里却觉得这话格外暖心。

外面寒冷甚于昨夜，漫天都是鹅毛大雪。

第九章

饭是凉的好

进酒馆一看，大家已经围着桌子坐好了。

良太一落座，春菜便一脸吃惊。

“发生什么了？你的脸怎么弄成这样了？”

“没事儿。”

“被人打的吧？”洋介皱眉说道。

“没有的事儿。就是睡糊涂了，撞到书架上了而已。”

“太假了吧。”信也表示怀疑。

“其实是让女生给虐成这样的吧？”

“说什么呢，好好的干吗非让人虐不可啊？”

“你不是好这口嘛？”

“什么话到你嘴里，怎么就这么恶心呢？”洋介吐槽。

“肯定又是二次元啦。”春菜也说，“那可没准儿呀。咕呼咕呼。”

信也笑得诡异，还发出浓重的鼻息。良太不禁摇摇头。

“你好像从昨天开始就很亢奋嘛。”

“有吗？不过我今天也吃蒜啦。”

“怪不得，从刚才开始就闻到一股臭味。”洋介眉头紧锁。

“还真挺臭啊。”春菜也跟着说，“你干吗吃这么多蒜啊？是受良太他叔叔影响了吧？”

“是啊。吃完倍儿精神！”

“人家不也说过不能吃太多吗？”

“别的东西也在吃啊。今天早上吃的还有鸡蛋、纳豆和海菜。对了，还得买点儿山芋和秋葵呢。”

“你怎么变成这样了？以前你可是非垃圾食品不吃的人啊。”

“大概是口味变了吧。”

“咕呼咕呼。”信也又发出诡异的笑声。

“好啦好啦，快开始吧。今天要给小春庆祝啊。”

大家一起干了杯，随后三个男生各自送上祝福的话语。

春菜手掩着眼角，说：“谢谢你们。”

“干吗这么低沉呀？”信也问道。

“这不是你的风格呀。快说呀，‘我能录上，那可是理所当然’之类的！”

“对不起。有点儿激动了。”

“确实，挺不容易的。”洋介感慨道，“看你这么拼命，我也有点儿想找份工作试试了。”

“你不是可以继承你爸的公司吗？”

“是啊。不过，我也想看看其他公司是什么样子的。虽说找工作应该挺难就是了。”

“当然难啦。不知少爷您能不能行呢。”

“你说我这算怎么回事啊，能不能毕业都难说。”

“得了得了。”良太摆手。

“小春终于要出道当编辑啦……”

“说是编辑，其实就是打杂的。小出版社，什么活儿都要做。”

“对了，火野哥也让我恭喜你拿到内定，还有我叔叔也是。”

光说火野有点儿不自然，所以把柳刃也算上了。

“我好高兴。”春菜十分感动。

“你帮我转告他们，就说我真的很感谢他们，多亏了叔叔给我建议我才找到工作。”

洋介的脸上掠过一丝不快。

“怎么回事，那俩人还在你家？”

“这话说的，好像不应该似的。”良太说道。

“你没明白我意思。”洋介回嘴，“难得给小春庆祝，我不想说大煞风景的话。”

“怎么个意思？”

“你但说无妨。”

春菜和信也催他快说。

“其实，良太他‘叔叔’工作的那家公司，跟我爸的公司有业务往来。我跟他提到了柳刃和火野，他就随意去查了一下……”

良太狠咽一口吐沫。洋介接着说下去。

“人家说，他们公司压根没有柳刃和火野这两个员工。”

“呃，怎么回事儿？”

“是不是弄错了呀？”春菜和信也七嘴八舌地问道。

洋介把身子探到桌上，问道：“我问你，那两个人到底是什么人？”

“是我叔叔和他同事。”

“别胡扯了！”

“你凭什么说我胡扯？”

“我之前都看见了，吃火锅的时候。你‘叔叔’没有小指……”

春菜和信也面面相觑。

“听话，良太，你跟我们说真话吧。”

“我不能说。”

“有什么不能的？我可是为你好。他俩是黑社会吧？”

良太无语，眼神落到桌上。

“我也很担心。”春菜说道。

“你就说吧，我不告诉任何人。”

“我也是！”信也也这样说。

都到这份儿上了，怎么也瞒不过去了。

良太一口干掉烧酒，把这段日子以来的事都和盘托出。三个人屏息凝神地听着，良太心里深感对不起柳刃他们，只觉得受不住这种煎熬。

良太说完，春菜长叹一声。

“原来不是你叔叔啊，还觉得你们挺要好的呢。”

“肯定是他们威胁他，要他表现得像对待亲戚一样。”洋介如此断定。

“一开始是有些威胁的成分，但现在不一样。”

“我也不觉得他们像坏人。给我们做了那么多好吃的东西，又肯为我们找工作出谋划策……”

“也教过我做菜呢。”信也也表示赞同。

“这都是两回事儿。”洋介否定道，“黑社会，那就是暴力团伙。表面上人模人样，肚子里不知道是什么肺肠。”

“普通人里口蜜腹剑的不也多得是吗？”

“黑社会危险程度不一样啊。他们还在被警察追捕和山盛组追杀吧？这要是把你卷进去，可不是闹着玩儿的。”

“是这么回事没错……”

“对吧？还是应该找警察解决。”

“我也好多次犹豫要不要这样，可他们毕竟是我的救命恩人。”

“就算是救命恩人，让他们一直藏到现在，也该两清了。”

“柳刃也好，火野也好，他俩这么信任我，我怎么能做对不起他们的事情？”

“他们可是罪犯。你不要让个人感情凌驾于法律好不好？”

“谢谢你为我着想，但我做不到。”

“行。你既然说到这个地步，就随你便吧。”

洋介从钱包里扯出纸币拍到桌上。

“小春，真对不起你，我先走了。”

洋介走后，尴尬的气氛依旧挥之不去。

真不该把柳刃他俩的真实身份说出来。说了也不能解决任何问题，只会给朋友徒增惊慌。不管是逼问还是怎样，嘴硬到底也就过去了。良太为自己的轻率感到自责。

“来，喝吧。”

春菜笑着，拿起烧酒酒瓶递过来。

良太用玻璃杯接酒。

“抱歉小春。难得你拿到内定……”

“没关系的，也不是你的错。我甚至对你刮目相看了呢。”

“这话怎么讲？”

“我一直以为，你是个更以自我为中心、优柔寡断的人。明知道自己也有危险，还要庇护他人，真是男子汉呀。”

“又是‘有色眼镜’？”

“不是啦。我是发自内心的。”

“话是好话，只可惜不该现在提。都是我说得太过，才会把洋介给惹恼了……”

“多大的事儿啊。洋介不是记仇的人。”

“对呀对呀。不想想人家是什么家庭长大的。”信也也这么说。

“可能他只是装作愤而离席，其实是跟姑娘约会来不及了。”

“你连这都能扯到姑娘身上去？今天你可太不对劲儿了。”春菜说。

“他本来就不正常。”良太也吐槽道。

“不不，保不齐我这正是在逐步走向正常呢，对不对？”

“原本就奇葩的人变得更奇葩，说不准真就负负得正。例如拜美食所赐，你变得对三次元有兴趣了之类。”

“咕呼呼呼。”满脸通红的信也笑着啜了一口发泡酒。

“现实世界的女人太恐怖啦。”

“别看着我说。”

“说到恐怖的女人，昨天我面试那会儿……”

三人围绕着 AD tasty 畅谈起来。

“那个辛岛呀……”春菜说道。

“对着学生，说的那些话可真狠，亏你还沉得住气。”

“面试结束的时候我也气得够呛。但是回去想了想，感觉人家说的其实都对。”

“没过也是好事！”信也说道。

“厕所的排气扇都是坏的。这种破公司岂能有未来？”

“可能吧。不过我还是有点儿兴趣。我还是头一次遇上能在面试的时候把话说得那么直接的人。”

“难道你其实是个受虐狂？”

“滚蛋，满嘴蒜臭。”

突然，放在桌上的手机发出振动。屏幕显示着洋介的名字。这是闹哪一出？良太想着，接起电话。

“我刚刚到家，这下事儿大了。”

“事儿大了？什么意思？”

“你叔叔，唉，就是那俩黑社会，我跟我爸说了……”

“你说它干吗？不都说好了不告诉别人吗？”

“抱歉。但我实在担心你啊。刚才我没好意思问，你脸上的瘀青，就是他俩给打的吧？”

“真不是。先别说这个，你跟你爸说了，然后呢？”

“……他报警了。”

“什么时候？”

“就刚才，他找了认识的警察……”

良太不禁抬眼望天。

“真对不住！”洋介道着歉。

“我现在该怎么办啊？”

“算了。你也是担心我，能怎么办？”

“但是，万一你也摊上事儿可怎么……”

“我会想办法。我现在着急，先挂了。”

良太挂掉电话，起身对信也说道：“我那份你给我垫上，我之后还你。”

“行倒行，出什么事儿了？”

“没工夫解释了。我得走了。”

良太冲出店门，只见春菜也追了过来。

“良太，你要小心啊。”

“我知道。谢谢你。”

外面狂风大作，鹅毛大雪狠狠地吹打着身躯。良太转身背向春菜，全速奔去。

本想打个出租车，赶上暴雪，根本找不到空车。无奈坐了电车，只觉得一分一秒都如此漫长，仿佛到不了站。

既然洋介父亲报了警，柳刃他们被逮捕就只是时间问题。警察很快就会赶到著本山庄。

他俩要是出去了倒好，可出门前火野还说柳刃马上会回家。想到他们会因为自己被抓，良太懊悔不已。

下电车出站以后，良太又跑起来。

他心里害怕警察已经赶到，但著本山庄门前一辆警车都没有，只停了辆黑色君爵。

来的不是警察，是山盛组吗？良太满心不安，走进著本山庄。

刚踏上台阶，只听到杂乱的脚步声。

良太定身一望，眼看着是柳刃跟火野从台阶上冲了下来。

两个人都拿着手枪。良太胸口一紧。他们这是知道警察要来了？还是出了更紧急的情况？

良太奔向两人。

“对不起，我不小心跟朋友说漏……”

“闪开。现在没工夫听你说话！”柳刃吼道。

他的表情，跟头一次见到他的时候一样凶狠。

“您现在，要往哪儿……”

良太脱口而出地问道，却被火野一把推开。

“别跟过来，在屋里老实待着！”

柳刃和火野冲出门，坐上了那辆君爵。

良太急忙追上去，只见车子紧急启动，横在马路中央。良太以为他俩要逃走，没想到车却直冲进路对面的豪宅里。

前方有一道大铁门。车子毫不减速，撞破大门，直冲进院子里去。

夜空中扬起火光和白烟，又被鹅毛大雪掩盖得不甚清晰。

听起来好似警笛的声音迅速接近。从声音的嘈杂程度来判断，来的警车绝对不少。

紧接着，就是此起彼伏的枪声和男人们的嘶吼，在夜空中回响。

到底发生了什么？

良太往豪宅方向跑，耳边突然响起刹车声。警车正拦到豪宅门前，身穿警服的警察纷纷跑下来。

一个警察发现了他，立刻伸开双臂。

“别过来！”

“但……但是……”

“够了，快回去！你要是不听话，我就要以妨碍执行公务的罪名逮捕你了！”

良太被气势汹汹的警察震住，突然想起什么似的转身离去。

他进了著本山庄，一口气跑上楼，撞进家里。

刚开窗，迎面就吹来了狂风暴雪。良太把身子探出窗外往下看，只见无数辆警车和相关车辆把豪宅围了个水泄不通。

枪声和吼声已经停歇，现在只能听到警察之间的无线电联络声和围观群众的嘈杂声音。

昨晚火野说过，马上就要做个了断。

良太不知道，现在这个情景是否是所谓的了断。

能搞清楚的只有一件事，那就是他俩已是插翅难飞。毕竟是黑社会，这种下场是在劫难逃的。

良太想说服自己，但心中一股热流直冲上脸颊。望着无数道红光闪烁中的大雪，良太顿时泣不成声。

到了早上，风平雪停。

良太坐在窗边，来来回回看着眼前的电视和窗外的豪宅。昨晚一宿没睡，身子十分疲倦，但神经仍然十分亢奋。

也许，他俩还会回来呢？

这样虚无缥缈的期待自然要落空。

豪宅前挤满了各家媒体，大早上就在喧喧嚷嚷。满地都是摄影师和记者，不过新闻一时还没开始播报。

柳刃和火野，他们俩到底是死是活？

要是还活着，肯定也被警察抓住了。假如柳刃他们把跟自己的关系供出去，估计警察很快就会找上门来。

良太打定主意，到那个时候要坦白交代一切。就算被判犯有包庇黑社会的罪名，也无怨无悔。但凡能坚守自己的信念，即使是伤及自己的人生履历也在所不惜。

恍然肚子发饿，良太起身去了厨房，却一点儿做饭的心思都没有。

良太看着柳刃带来的冰箱、饭锅和厨具，心里满是寂寥。就在此时，电视上开始播放新闻。

良太赶紧回屋，只见整个电视上显示的都是家对面的豪宅。

女播音员的声音里略带着兴奋。

“昨晚十时许，大型黑社会团伙山盛组最高干部、犯罪嫌疑人山盛义雄因涉嫌非法毒品交易被警方逮捕。犯罪嫌疑人曾因向海外大量走私毒品在全国范围通缉，在昨晚回到自家后，被警方突击逮捕。犯罪嫌疑人此前已逃亡三年之久，警方一直努力对其行踪加以……”

良太看得都呆了，不自觉地张开了嘴。

播音员还在说，但声音仿佛已是越来越远。

良太一直不知道，原来那座豪宅竟然是山盛组老大的老巢。

可是，柳刃跟火野又和被逮捕的那人有什么关系呢？

播音员既没提到柳刃和火野这两个名字，也没谈及类似形象的人。他俩明明正遭到山盛组追杀，为何又要闯到对方老大的老巢里去呢？

是为了报仇，还是豁出去不要命了？

不对，在此之前还有更根本的问题。既然柳刃和火野已经被山盛组追杀了，就不应该再一直藏在这种地方。眼看对面就是人家的老巢，这岂不是自投罗网吗？

“这么说，他们两个是……”

良太自语。话音未落，门口传来开门声。

回头一看，是柳刃和火野进了家门。良太猛站起来。

“你们没事吗？”

“嗯。”柳刃答道。火野一脸局促，提着一个大行李箱，不知要做何用。

“我可担心死了，生怕你们被杀了，或者是被警察给逮捕了……”

“抱歉，让你担心了。”柳刃说。

“不过，这下子就全都了断了。”

“我刚看电视了。你们跟山盛组的老大是什么关系啊？”

“不能说太具体。这是机密任务。”

“任务？”

柳刃点头。

“果然是这样啊。您和火野哥不是黑社会……”

“当时没有办法，只能让你那么想。毕竟我们根本没法自报家门。”

“您的名片上写的可是‘组长’。”

“那是假的。”

“我一直以为您是黑社会，而且小指也真的没有。”

“潜伏到组织内部的时候切掉了，都是为了避免受到怀疑。”

“既然说是潜伏……两位一定都是警察吧？”

“我说了不能自报家门。”

“您在我家，是为了能监视那栋豪宅对吧？”

“就地侦查是我自己的决定，没想到会花这么久的时间。要是没能逮捕山盛，恐怕我真要人头落地。”

“最开始遇到的那天晚上，您把山盛组的干部绑走是为了……”

“为了让他吐出山盛的行踪才逮了他。然后你来了，经这一磨蹭，才被山盛组的马仔发现。”

柳刃打开窗户，把手伸到窗外。

只听什么东西咔嚓咔嚓被卸下来，然后柳刃就关上窗，手上正抓着一只微型摄像机。柳刃狡黠一笑。

“这是监视摄像头。吃饭时也不能放松。”

站在窗边的柳刃回来坐下，点起一根七星香烟。

今天他带了一只便携式烟灰缸来弹烟灰。火野在屋里走来走去，收好衣物塞进行李箱里。

“您也是，太狠了，明明不是黑社会，还反复吓唬我。”

“抱歉。不狠狠吓唬你怕会走漏风声。山盛组这么大的组织，在警察里也有线人。万一被附近片警发现，也会闹出不小的麻烦。”

“您还是那么有黑社会范儿啊。”

“黑社会当惯了，不好往回掰了不是？”

“那您说以前是暴走族老大，被美国黑帮挖角什么的，都是假的吗？”

“对啊。美国是为执行一次高度机密的任务才去的。”

“火野，话太多了。”柳刃厉声喝道。

正忙着整理行李的火野露出苦笑。

“冰箱电饭锅之类的厨具就不带走了，你留着用吧。”

之前是那么想赶走他们，现在他们真要走了，良太心里还挺舍不得。火野拉上了箱子拉链。

“完事儿了。”

“好。走吧。”

柳刃掐了烟起身要走。良太一步并两步赶上去。

“这就要走了？”

“嗯。这些日子多谢你了。”

“不是说好了，等我拿到内定你们才走吗？”

“做不到了。”

“那我把大伙儿都叫来。小春拿了内定正高兴着呢……”

“别叫了。刚跟你说的这些别告诉任何人，包括你那些朋友。我俩是不能见光的人。”

“好吧。”良太说道。

“那……至少您最后吃一顿饭再走。这次我来做。”

那顿饭吃得十分奇特。

桌上只有三碗米饭、一盘泽庵萝卜，再有就是三双筷子。柳刃和火野都满脸诧异。

今天良太没让柳刃他们帮忙，从头到尾都是自己动手。说是做饭，其实就是煮好饭以后借着窗外的寒风把饭晾凉了而已。

“您以前说过，‘饭是凉的好’。”

“原来如此啊。”火野笑道。

“我还以为是在搞笑之类的。”

“那快吃吧，没多少时间了。”

柳刃拿起筷子。

“您稍等，还有您当时说过，说要往冻得冰凉的饭里倒水来着，对吧？”

“嗯。”

“就别倒水了，来点儿这个吧。”

良太把夹在胳膊下面的五盒瓶装日本酒轻轻放到桌上。那是柳刃不知何时网购回来后，就一直放在冰箱里没动过的纯米精酿。

柳刃眼光如炬地盯着良太，然后把酒倒进了饭里。

火野也跟着倒了。

“大早上就喝酒啊。不对，这是酒泡饭了。”

良太自己也不知道，为何要往饭里倒酒。只是心里隐隐觉得，既然要和柳刃他们告别，这样会更合适。

“我开动了。”

良太合掌，大口吃起泡满了日本酒的米饭。

酒香混着每一粒饭的米香在口中散开。这饭无论如何都称不上好吃。但良太每嚼上一口凉饭，都会想起和柳刃他们一起度过的点点滴滴。

从他们出现，到现在也不过一个月出头，心中却觉得和他们在一起的时光如此长久，足以证明这段日子过得多么浓缩而厚重。

柳刃教会了自己太多太多。做饭自不必说，除此之外，也学到了许多更加珍贵的东西。

三个人沉默地就着泽庵萝卜吃饭。

酒劲儿催得胃发烫，紧接着眼圈也越来越热。良太极力想掩饰，低着头一声不吭地猛劲儿动筷扒饭吃。

“良太，这饭好吃。”

听到柳刃的话，良太一点点抬起头。当他迎上柳刃如炬般的目光时，眼泪顿时夺眶而出。

火野用手指搓搓鼻子。

“这么冷的天让我吃冷饭，冻感冒了怎么办？”

“对不起。”

“不过，这不错。这是男人的饭。”火野吸着鼻子，笑着说道。

良太抬手擦干眼泪。

“多吃点儿，饭还多着呢。”

一遍又一遍地添酒，一碗又一碗地添饭，到底是在吃饭还是在喝酒，不知不觉间已经分不大清楚了。睡眠不足的良太很快就被醉劲儿催倒，满含热泪的双眼一片模糊。

等到醒来的时候，柳刃和火野已经不在了。

良太躺在地上沉沉睡去，已不知过了多久。

他摇摇晃晃地站起来，却因为酒劲儿还没过，只觉得脑袋生疼。

桌上被清理得干干净净，了无一物。

柳刃和火野走了吗？

到门口一看，门前邮筒下面上好了锁。

看来，他俩还是走了。虽说昨晚一夜没睡，但醉得睡倒在地，都没来得及告别，心里总觉得有些遗憾。

窗外已是夜幕降临。媒体都已散去，豪宅贴满了禁止入内的标语，警车还停在门口。

天色已晚，屋里也有点儿发冷。良太想找衣服披上，便抬头看了眼衣架，突然发现一套没见过的衣服。

衣架上正挂着一套整整齐齐的西装。

试着穿上，竟如量身定制一般合身。

良太咬紧嘴唇，又一次顺着窗外望向远方。

尾　声

世上最好吃的饭

从柳刃他们走后到现在，差不多一个月过去了。

这天早上，良太第一次穿上柳刃他们留下的西装出了门，右手挎着绘图袋，里面装好了他重新绘制完成的作品。

二月已入下旬，寒冬终于开始退去。

阳光虽然尚弱，但良太从心里往外透着一股暖流。

到车站上了电车之后，良太手把着扶手眺望窗外。

距离下个月的毕业典礼只有不到一个月，虽然还没找好工作，但自己已不再像以前那般满心焦虑。慌里慌张的，勉强找到工作，一旦不能胜任也没有意义。

哪怕到毕业也无法就职，自己也已下定决心，要踏踏实实去找工作。

洋介放弃直接进他父亲的公司，选择开始找工作，近来常和良太互通有无。再怎么现王，毕竟也是个求职菜鸟，能充当他的前辈，良太备感愉快。不过，柳刃他们不仅没被警察抓住，还从此销声匿迹，始终令他难以释怀，还会搞些充满阴谋论气味的质问：“你还隐瞒着什么？讲真的，你是不是也是那边的人啊？”

毕竟良太对柳刃他们的真实身份还是不甚明了，也答应不再对别人谈及此事，面对洋介的问题，良太只得无言以对。

托柳刃的福，良太开始习惯自己做饭，近来身体状态很是不错。以前夜不能寐，现在每天吃得饱，睡得香，胃也不疼了。

自己做饭的另一个好处就是春菜时不时会到家里蹭饭。虽然被她夸奖是件开心的事，但看来她的兴趣还是一如既往。

“良太你也读读看嘛，这本小说特别受腐男欢迎。”

一个劲儿往家里送 BL 小说这一点很是麻烦。

说到自炊，信也一直都在吃那些“助兴”的东西，因此天天半句话不离“女人”二字。虽然他一时还没找到脱处的机会，不过他确实已经开始对现实世界感兴趣了。

“这件怎么样？我在饰梦乐[1]买的。”

原本总是衬衫塞到裤腰里的他，现在身穿上下身合计三千日元的套装去参加动画宅的相亲，足以成为这方面的证明。

虽然他还在靠哄骗父母说要找工作来拖时间，但看这个架势，没准儿什么时候也就真开始找工作了。

---

1 饰梦乐：Shimamura，日本大众服饰品牌。

柳刃、火野再没有和他联络。今后大概也不会再有往来。但良太心里却觉得，总有一天，会在哪里再度相逢。

柳刃说过，能改变现状的只有自己。有朝一日，自己也要找到那份能为之赌上一切的工作，吃到那顿人间最美味的饭。

良太在新宿站下车，走到三丁目的巷子里。他昨天晚上给 AD tasty 的辛岛打了个电话。

“我不是求您再面试我一次，我是求您，能不能再看一次我的作品。”

说完，辛岛在电话那头哈哈大笑。

“你这小同学，还真有意思。明天给我带来吧。”

良太到了之前那栋公寓，进了电梯。下了电梯进了走廊，站到 AD tasty 门前。

“早上好！”

良太一边朗声问好，一边开了门。

（完）

参考文献

《味觉极乐》，子母泽宽著，中公文库 BIBLIO

《KEI 变成了墨西哥裔的日本人》，KEI 著，河出书房新社

图书在版编目（CIP）数据

侠饭 /（日）福泽彻三著；佟斯文译．—北京：
中国友谊出版公司，2019.3
ISBN 978-7-5057-4482-0

Ⅰ．①侠… Ⅱ．①福… ②佟… Ⅲ．①长篇小说—日本—现代 Ⅳ．①I313.45

中国版本图书馆 CIP 数据核字（2018）第 204882 号

著作权合同登记号 图字：01-2019-0665

书名 侠饭
作者 [日] 福泽彻三
译者 佟斯文
出版 中国友谊出版公司
发行 中国友谊出版公司
经销 新华书店
印刷 河北鹏润印刷有限公司
规格 880×1230 毫米 32 开
6.75 印张 115 千字
版次 2019 年 3 月第 1 版
印次 2019 年 3 月第 1 次印刷
书号 ISBN 978-7-5057-4482-0
定价 39.80 元
地址 北京市朝阳区西坝河南里 17 号楼
邮编 100028
电话 （010）64678009

如发现图书质量问题，可联系调换。质量投诉电话：010-82069336